且读

……

20

丁立梅

散文精读

丁立梅 著

浙江人民出版社

图书在版编目（CIP）数据

散文精读．丁立梅 / 丁立梅著．—杭州 ：浙江人民出版社，2018.9（2020.11重印）
（且读）
ISBN 978-7-213-08906-0

Ⅰ．①散…　Ⅱ．①丁…　Ⅲ．①散文集-中国-现代　Ⅳ．①I266

中国版本图书馆CIP数据核字(2018)第199227号

散文精读·丁立梅

丁立梅　著

出版发行：浙江人民出版社（杭州市体育场路347号　邮编　310006）
市场部电话：(0571)85061682　85176516
责任编辑：余慧琴　王飞峰
责任校对：戴文英
责任印务：陈　峰
封面设计：观止堂_未氓
电脑制版：杭州天一图文制作有限公司
印　　刷：杭州富春印务有限公司
开　　本：880毫米×1230毫米　1/32　　印　　张：7.875
字　　数：147千字　　插　　页：4
版　　次：2018年9月第1版　　印　　次：2020年11月第4次印刷
书　　号：ISBN 978-7-213-08906-0
定　　价：36.00元

丁立梅

1 | 3
2 | 4

❶ 爱花儿的丁立梅
❷ 与读者在一起
❸ 与母亲在一起
❹ 与爱人在一起

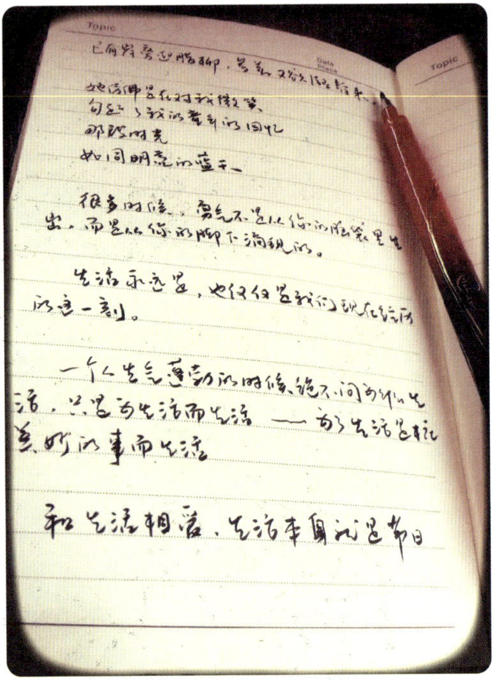
一个人生气蓬勃的时候，绝不问为什么生活，只是为生活而生活——为了生活是桩美好的事而生活
和生活相爱，生活本身就是节日

丁立梅手迹

目录

人物

感悟

抒情

从　前

一

你肯定也听过这样一个故事：从前有座山，山里有个庙，庙里有个老和尚，给小和尚讲故事，讲的什么呢？讲的是，从前有座山……如此循环往复，无有尽头。要是你不想停下，这个故事，便永远停不下来。

白日光长长的，讲故事的人，白发如霜。他盘腿坐在院门前，眯着眼逗我们。他只讲一遍，我们就会了，于是把它当歌谣唱，土路上纷飞的，都是这样的音符：从前有座山，山里有个庙，庙里有个老和尚，给小和尚讲故事……

那时只道寻常，山在，庙在，老和尚在，小和尚在，永永远远，都是那般模样。如檐前开得好好的一蓬大丽花，花艳丽得快撑不住颜色了；如门前的大槐树上，蹲着的那个喜鹊窝，一只花喜鹊盘踞在上面唱着歌。

还有，毛小牛的芦笛声，呜呜呜，呜呜呜。只要张开耳朵，就能听到他在吹。

他说，那是远方汽笛的声音。

毛小牛是我的玩伴，头上生许多癞疮，小伙伴们都叫他癞头。他却偏偏生一双巧手，会做芦笛，会用小草编蚱蜢。他走到哪里，芦笛会吹到哪里。

现在再听这个故事，别有一番滋味在心头。岁月，原是由许许多多的从前组成的，山是有从前的，庙是有从前的，老和尚是有从前的，小和尚亦早已成了从前的从前。毛小牛在25岁上溺水而亡，彻底地成了，从前的人了。

二

夜是有声音的。

夏夜的声音，尤其丰富。

选一处草地坐下。露珠在轻轻落，偶尔会听到“啪”的一声，那是它不小心，打翻了某片树叶了。虫鸣于周边响起，唧唧，啾啾，吱吱。还有植物们的声音，它们亲昵得很，一直在耳语。紫薇和梧桐，云松和翠竹，绵延在一起，夜色里，分不清谁是谁。

真静。思绪和着夜色，漫过记忆。想起老祖母了，那时她还不算老，真的不算老。她能拎得动几十斤的草篮子，碎步细密；她能把一群调皮的鸡，撵得满院子飞；她能洗一大盆的衣裳，满满晾一绳。

一样的夏夜。祖母手里摇着蒲扇，摇着摇着就停下了。她定定望着某处，喃喃说："从前，你太婆可疼我呢，这样的夏天，她给我煮绿豆汤喝。我的皮肤，白得透亮，出门去，人家都打听，这是谁家的女娃啊，这么白净漂亮。"

怔一怔，地上的一片月光，随着树影晃了晃，很不真切。暗地想，祖母哪里有从前呢，祖母本来就是祖母的。风吹着虫鸣声，让人心痒。坐不住的，一溜烟跑去玩，——祖母的从前，到底与我不相干的。

玩一圈回来，却发现祖母，还独自坐着在发愣，她沉在她的从前里。

而我现在，沉在我的从前里。

我们原都是从从前走过来的，慢慢地，又成为从前。这便是，人生。

三

心血来潮地想去看荷。这念头一经产生，就势不可挡。

我所在的小城，也仅限在公园有。一方池子里，植了数十株。一俟夏天，圆润碧绿的荷叶，铺满整个池子。数枝荷，婷婷于绿叶之上，有含苞的，有已然绽放的。这是一种清清爽爽的美，不芜杂，不喧闹，正如乐府诗《青阳渡》中所描写："青荷盖绿水，芙蓉披红鲜。下有并根藕，上有并头莲。"

再去公园，却没看到荷，原先的几十株，不知去了哪里，一池的水在寂寞。问及，人都摇头说不知。我把公园里有水的地方都寻遍，也未寻到。

有人提议，隔壁的水乡应该有。于是马不停蹄赶了去，一去百十里，只为看荷。

果真有，路边，荷成亩成亩地长。花却开过了，莲蓬已成形。雨忽然来，大而狂，无法下车细看，只隔着一扇车窗，与它对望。雨雾起，它望不真切我，我望不真切它。但知道，都在呢，心安了。

想起白衣年代，青春无敌，那人举一枝荷，说送我。送就送呗，乡下的池塘里，那么多的荷，实在算不得什么。随手接过来，后来是丢了，还是用清水养了，不记得了。

却在经年之后，追着寻着去看荷。人有时，寻找的，不过是记忆里的从前。当年不曾以为意的，日后却念念不忘，只是因为啊，从前的青春年少，我们再也回不去了。

四

在老家，遇到一乡亲。

乡亲很老了，背驼腰弓，我叫不出他的名字。我以前应该叫得出他的名字的。

他笑微微看我，说："你小时很聪明的，五个小孩数竹竿，就你数得最快。"

数竹竿？这个细节，我是彻底忘了的。

从前的痕迹，以为风吹云散，却不料，一点两点的，不是存活在那个人那里，就是存活在这个人这里。只要轻轻一拨拉，它就哗啦啦奔涌出来，如涨潮的水。你突然想起村东头的瞎眼老太，用断指绕线；你突然想起一个叫红旗的光棍汉，一边插秧一边唱"我爷爷是个老红军"；拖着鼻涕的少年玩伴，一个一个出来了；你甚至想起邻家的那只花母鸡，还有黑狗。

所有的记忆，此时汇聚到一个地方，那个地方，是从前。从前的人，从前的事，从前的碧空蓝天，有人叫它，灵魂的故乡。

慢慢走，慢慢爱

春天到了，我去寻春。

喜欢这样的“寻”。是缓慢的、仔细的、隆重的、费着点心思带着些期许的。所有的乐趣，都在这个“寻”字上。

你可能要说，满眼的春色，还用得着寻么？我说，不，不，生活更多的意趣和美，是在那幽微细小里面，是在偶遇和意外中。

比如，在野地里寻得一把荠菜。野生的鲜美，就在那一把荠菜上头。春天里，再没有比寻得一把野生的鲜美，更有滋味的事了。

比如，在草丛里，寻到一只鲜丽的瓢虫。真正是鲜丽极了。它是春天诞生的小宝贝，它把春天的色彩披挂在身上，欢天喜地地，朝着它的未来爬去。一只瓢虫的未来是什么呢？我蹲在它旁边，想着想着，就莫名感动起来。不管未来是什么，它都将勇往直前，满怀深情地奔过去。一只瓢虫，也有着属于它的追求和眷念。

比如，在樱花树下，寻得一丛婆婆纳。那棵樱花树，真是高大，顶着一树的花，如雪砌银堆。人从樱花树下过，都忍不住要举头望上一望，在心里面叹一声，好美啊。却听不到树底下，那樱花瓣覆盖着的泥土的上面，还有些轻轻的小声音在呼唤：看哪，看哪，我们在这里唱着歌跳着舞呀。

哦，谁会留意呢，它们那么小！我看到它们小小的蓝影子一闪，像星光闪过。我蹲下来，拂去上面一层樱花瓣，它们的小身子露了出来。对，是一丛婆婆纳。它们的花朵，真是精致婉约得很，像一只只小小的蓝花碗。蚂蚁可拿它们盛食物。蚂蚁们的生活，会因此变得优雅的吧。当然，它们更多的是盛春色。一个上午，我就在那些小小的“蓝花碗”间流连，春色迷人和饱满处，这里，算得上是一处。

我还被路边的小蜘蛛牵住了脚步，它忙着在两朵花之间搭它的“帐篷”。我惊叹于它技艺的高超，那透明的银光闪闪的“帐篷”，简直是上等的艺术品。一片花瓣落，弄破了它的“帐篷”，它也只稍稍愣了一愣，又忙着埋头牵丝拉线地搭起来。自然界里的能人多，它算得上是一个。又遇挫折不灰心，不气馁，永远的元气满满。我看着看着，就很感激它。它让寻常的一个午后，有了亮色。

在一片杨树林里，我还遇见一棵枯萎的树桩。目测这棵树是上了年纪的，粗壮得很。它是遭雷劈了，还是让飓风给削了？不得而知。然在那枯朽之中，我看到一粒嫩芽芽，从树桩里长出来，像一只羞怯的小蜻蜓，立在上头。生命的坚韧和阔大，往往超出我们的想象。我记住了这棵树桩，和这粒蜻蜓般的小芽芽。在我感到寒冷和沮丧的时候，我会掏出它来，暖一暖。

生命所谓的真谛，是在慢慢行走中获得的。慢慢走，慢慢爱，让有限的生命，活出绵长的滋味。

初　春

这个时候，一切都还是冬天的模样，一切却又开始苏醒。

我喜欢杉树。裸露着铁锈红的筋骨，腰杆挺得笔直笔直的，像铮铮铁骨的汉子。

穿行在一片杉树林中，风吹落一片一片的阳光，像吹落一瓣一瓣的梨花，在铺着铁锈红的落叶上，跳跃、闪亮。林子也是透亮着的。杉树们沐着光，静默地微笑，总叫人心里柔软。

我喜欢池塘和小河。水刚刚睡醒，很清澈，眉眼儿盈盈。

我站在一条河边，亦是长久地站着。我喜欢水里面的倒影，芦苇的，树的，还有茅草们的。去年开过花的美人蕉，和再力花，还有远处的一座小拱桥，它们倒映在水里面的样子，比在岸边的样子要动人，水波温柔地抚摸它们，它们有着说不出的温婉和妩媚。

我喜欢岸边暗生的苔花。嫩黄的，柔软的，又是毛茸茸的。我很想挖一点带回来长。想想，又作罢了。它们还是在它们的广阔天地里的好，呼吸自由的空气，白天晒太阳，晚上看星辰。

我喜欢柳枝儿。上面爬满淡黄的乳芽，活像一群活泼的小虫子。“绊惹春风别有情，世间谁敢斗轻盈”，真是霸气得不得了。柔中带刚。

我喜欢含苞的花木。梅树。海棠。樱花。桃树。杏树。梨树。红叶李。它们的身上，爬满了花骨朵儿，如一个个音符，等着春风的手去轻弹。都是人生初相见的模样啊，纯洁，羞涩，懵懂。

我喜欢刚钻出土的小草。它们小模小样，披一身淡黄的新绿，打量着这个全新的世界。遥看如一抹绿烟轻起。

我喜欢鸟的鸣唱。分别了一个冬天，它们回来了。是久别重逢。彼此间有着说不完的话，道不完的情。于是，都扯着嗓子唱啊说啊，啾啾唧唧个没完没了，又愉悦又欢欣。我能一听就是小半天，听得心里面长出温柔的水草来。

我喜欢风。这个时候的风，可以称作春风了。它们也作势般的，呼呼地扑过来，但你不要怕，它们纯粹是吓唬人的。它们少了凌厉和尖削，多了温柔和好意，我闻见风里面的清香和清新。哪处的花开了吗？哪处的小草和新叶长出来了吗？

我跟着风走，一边走一边找。我找到结香了。好几大棵的。上面的花苞苞，有的已撑不住开了。我低头闻闻，香得很。我还找到了一些野荠菜，绿汪汪的。真好啊，在城里的绿化带里，居然有从乡下跑来的野荠菜。

我喜欢稚童。白天，太阳好的时候，他们可以不用戴着厚厚的小绒帽了，也不用穿得那么臃肿了。他们追着一朵阳光，蹒跚着向前奔去，一个博大的世界，在等着他们。

被春恼

春天，真叫人舍不得，一万个的舍不得。

舍不得那些树；舍不得那些草；舍不得那些花；舍不得那些水；舍不得慢慢爬上墙的绿；舍不得吹过来的细软的风。

吹得人的骨头都酥了。

走在春天里，总有幸福不期而至。眼睛随便瞟向哪里，都有一团好颜色相迎，倾巢而出，四野惊动。

春天，是神赐给众生的恩泽，不分贵贱，无论强弱，不偏不倚，绝对公平。

嫩，是嫩得不能再嫩的。艳，是艳得不能再艳的。万缕春风，一点一点，染绿万亩河山。冷不丁的，你就撞到一河的碧水，噙着一树桃花的影子。有小鱼，从花树的影子间穿过，像潜入水底的燕子。它们有它们的秘密要说。你站在那里，悄悄看，似一个偷窥者。

油菜花最不拘小节。它们成群结队开得，离群独处也开得；乡下开得，城里也开得；河畔开得，砖缝里也开得。你路过一个小区，小区的围墙根，散落了一些碎砖头。平日里也不大留意那里，这时候，砖缝里，居然钻出两三棵油菜花来，一身的珠光宝气，黄得耀眼，似乎把家底儿全给兜出来了，不藏不掖，仿佛在对着一个世界说，来吧，来吧，我有的，全都给你。你看着那几棵油菜花，微笑，你心里面有感动。你知道它们一定是从乡下跑来的，该是从去年夏天起，就上路了。一路上，一定吃了不少苦。风送一程，鸟送一程，雨也会送它们一程吧。你从小在乡下长大，你懂它们。

垂丝海棠开得最是天真，照见赤子之心。那些小花朵头挨头，肩并肩，仿若一群小稚童，坐在树上，好奇地打量着这个世界，清澈的双眸里，映着明净的天空和云朵。

人家的花坛里，不知何时落下的一棵香菜，也顶着满头的碎花了，素净的白。月季、虞美人、二月兰、鸢尾也都争相开了花，无一不用尽热烈。紫玉兰的花，是要仰着头看的。它们开放在枝头，活像一群紫色的小鸽子蹲在那儿，叽叽咕咕，叽叽咕咕，在说着春天的情话。

唉，美啊！你也只能很俗地这么感叹。因为你词穷了。春天最让人词穷。

何止是词穷！春天还让人手足无措，心里蓄着无数想说的话，却又说不出。美得太泛滥了！太铺张了！太不可思议了！好比你本住在穷乡僻壤，守着茅屋清贫度日。谁知一夕间，你竟坐拥锦绣无数，完全跟做梦似的，如何吃得消！

杜甫写春天，一提笔就直抒胸臆，“江上被花恼不彻，无处告诉只癫狂”。想他堂堂一个大男人，也吃不消春天的好了。花开得那等烂漫，叫他欢喜得着了恼。身边却无人与他分享，怎生消受！他后来又写道，“报答春光知有处，应须美酒送生涯”，你立即把他引为知己。真想携了酒去，与他花下对酌。他是被花恼，你是被春恼啊。

一只小猫，不过两三个月大小，走路还有点蹒跚。它从围墙的铁栅栏里钻出来，铁栅栏那边，迎春花大捧大捧地开着。小猫看见人，不害怕，主动跑来跟你亲近，仰着小脸蛋，喵喵叫着跟你打招呼。你蹲下身抚摸它，它很信任地躺下来，任由你抚摸。生命的最初，是一个春天来相见，不设防。

两个稚童，在一棵花树下玩耍。冬寒去了，他们很像刚钻出土的小草，小胳膊小腿的，灵动活泼。他们在玩一辆小童车，这个坐上面，那个牵着走。过一会儿，他们互换一下位置，那个坐上面，这个牵着走。就这么玩着，没完没了，却兴致不减。

有意思吗？你或许觉得无聊。可在小孩的眼里，没有一桩事，不是庄严而有意思的。没有一个时刻，不是庄严而有意思的。你突然地，好想变成他们，那么无忧无虑地玩耍一回，任暖风吹过，任花瓣落在身上。

一对老夫妇迎面而来。老先生的脚一拖一拖的，明显走路不稳当。老妇人牵着他的手，一步一步，慢慢走在他身边。他们的步调，惊人的一致。你站到路边，目送他们。他们走过一棵花树去，再走过一棵花树去。春天的阳光，晃花人的眼。

清　供

春日里，宜清供的草木实在多，一枝连翘可使得。一枝海棠可使得。一枝菜花可使得。就算插枝柳，也是好的。一枝，也就够了。多了，就芜杂了，减损了那清供之味。我看野地里的蒲公英开得又多又好，实在没忍住，挖了一棵回来，装一只瓦盆子里长，竟也是欣欣向荣的，十分的妥帖。

书架上，也不放多余的杂物，就把瓦盆搁那上头。它与一排书为邻，里面趴着一朵黄，笑得羞涩。隔一天，又冒出一朵黄来，花瓣儿似小嘴一般张开着，很兴奋的样子。我疑心它在轻轻唱着歌，无词无曲，只哼哼着唱。像我妈在地里劳作，无人时，偷偷哼起来的歌，也是无词无曲的，她哼给自己听。

乡间的一切，都是会唱歌的。我倾听着，越发觉得瓦盆子里有歌声逸出。我也想哼唱了。我看着它，心里面高兴，也说不清的，就是高兴。一屋子都有春光流转，清简，且静。我感觉灵魂里有只小鸟，在扑扇着翅膀。

书房里还摆着一只石瓶，是朋友钱校送我的。钱校是个简单温润的人，喜收藏。一得空了，他就钻进古玩市场，总不会空手而归。这只石瓶就是他从古玩市场淘得的，明清时的古董，跟了他十多年了。青石上面，斜卧着一枝牡丹，一朵盛开，一朵含苞，花叶丰厚，雕工精致。他初见我，觉得这瓶子与我极配，执意送我。他说，插一枝梅花，刚刚好。

我没有插梅花，也不插别的。我在里面供养空气、天光和宁静。我在书桌前做着事，看书、写作，或是画画儿，一抬头，就与它相见了。我总要发发幽思，从前，都有谁曾拥有过它？摆在案几上，春天插桃，夏天插荷，秋天插菊，冬天插梅。清水与共，慰了多少从容不迫的光阴。几百年后，它竟辗转来到我身边。我知道，它也不过只能伴我一程，他年，它又将流向他方，成为他人的清供。世之拥有，原都是此一时彼一时的。既然没有永久，又何必贪着永久？得，我不大喜。失，我亦不大悲。从容相待，便好。

从前读《红楼梦》，对薛宝钗不喜，以为她工于心计，圆滑世故。如今再读，却读出她的清明简洁，心客旷朗。你且从贾母的眼里看她，“及进了房屋，雪洞一般，一色玩器全无，案上只有一个土定瓶中供着数枝菊花，并两部书，茶奁茶杯而已”。多洒脱的一个好姑娘，有雅士之风。

也极喜人家门楣上书“室雅人和”这四个字。觉得好，顶好不过。站在这样的人家门前，脚步自觉放轻了，人自觉安静起来。如果推门进去，刚好看到室内的摆设，亦是清爽明净的。沙发椅子，都是木头的。靠墙是一排书架。案几上也无多物，左不过搁着一只笔筒，外加一只瓷瓶。瓷瓶里斜插几朵花，不蔓不枝。主人看的书，翻到一页，随意搁在沙发上。一切都尽着素朴，又在那素朴里，开出雅致的花来。再看这一家人，待人接物都和和气气的，神情举止里，自带光芒。这样的雅室，供养出的心灵，必是干净的，有碧玉之光。

清　欢

看露天电影，是要追着去看才有意思的。

方圆几个村，消息是贯通着的，一个村放电影，周围几个村很快都知道了。

消息在传播中，就像被抹了蜜，甜滋滋的，叫人好兴奋。“知道吗？隔壁通榆村今天晚上放电影的。”说的人一脸甜蜜。听的人一脸甜蜜。这样一传十，十传百，家里的小猫小狗也都知道了。

于是早早相约，晚上一起去通榆村看电影。大人跟大人相约。孩子跟孩子相约。哎，如果狗啊猫的它们会说话，怕是也要相约了一起去的。

翻来覆去也就那几部片子，什么《地道战》《地雷战》《洪湖赤卫队》《智取威虎山》。后来放映《一江春水向东流》、越剧版的《红楼梦》，真是万人空巷啊。一部片子，都看过四五遍了，台词都背得熟溜溜的了，还是要追着去看。

黑天黑地里，田间小路上，人语声前后相接，都是追着去看电影的。清风送凉，幸福的花儿朵朵开。真是，有比这更幸福的吗，放下诸般困苦烦恼，我们看电影去。这甩着袖子，一起走路的过程，就足够叫人满足的了。

相恋的人，混在人群里，偷偷牵手。屏幕上放什么不重要，他和她的耳里，只听见彼此的心跳。

孩子们更喜欢的是追逐打闹，电影的声音，都盖不过他们的打闹声。

人群外头，有卖炸年糕片的，香味儿四处乱窜。膨膨的年糕片，入嘴即化。每次去看电影，我都希望自己口袋里能揣着几枚硬币，很奢侈地买上一小袋尝尝。

有次，我跟我爸去看电影。我爸把我扛在肩上，我不看屏幕，我扭头去看炸年糕的，扭得脖子都酸了。我爸终于发现了我的小心思，给我买了一小袋炸年糕。

那是我吃过的最好吃的炸年糕。

“假领子”有个很本分的名字，叫“节约领”。

也不知是谁首先发明的。在衣物匮乏的年代，它平添了殷实和华美。你得佩服人的智慧和本事，再难，也能活出温度和美好来。

“假领子”不假，它就是一领子。布的，毛线的，都有。它衬在外衣的里面，在脖颈处翻出来，看上去，里面就像穿了一件完整的漂亮的衣裳。其实，它只是个空壳子。

吾村姑娘人人都有假领子，碎花的，纯白的，粉红的，鹅黄的，能找到的布料，也都给找到了，做成假领子。它所费布料不多，又能时时翻新，颇得姑娘们热爱。一款漂亮的假领子，能令一个姑娘，在瞬间变得娇媚。

吾村姑娘来喜，人长得不俏，大龅牙，对对眼。先前说了几桩亲事，都黄了。又有人来访亲，访亲的登门那天，吾村姑娘把假领子全奉献出来，摊了一床，供来喜挑。来喜试了一个又一个，最后挑了款粉红的，戴上，人立即有了光彩。这次访亲，获得圆满成功，假领子功不可没。

我人小，我妈不给做，我就自己动手做。我把我妈收集了留着浆鞋底用的碎布条，全给翻了出来，裁裁剪剪，缝缝补补，一款假领子，诞生了。我把它缝到我的外衣领口处，翻出来，对着镜子照照，美得不行。

出门去，遇到隔壁的云珠婶婶，她挑着担子往田里去。看见我，停下来，对着我左看右看，笑了：“我说你这小丫头今天怎么不一样了呢，原来里面穿了件新衣裳啊。”

她是夸我的假领子的。

也就问是谁给做的。我说是我做的。云珠婶婶不肯相信。

这事儿被传开，弄得吾村人看见我，都要看看我的假领子。

我妈把我的假领子拿在手上，翻过来覆过去地看，她没有骂我糟蹋掉碎布条，她脸上浮着笑，说了句：“你这小丫头，怎么就会做这个的？真是犯怪。”我奶奶也笑，悄悄对我说：“你不像你妈手笨，你手巧呢。”

我应该改行学裁缝才是，我从小就有这天赋的。

春天来的时候，大地在一夜间换了新装。绿，绿不尽地绿。

河边的白茅们也绿了，“唰”地一下，探出尖尖的小脑袋来。

我们去拔茅针，那是春天馈赠给孩子的零食。

茅针其实是白茅的嫩芽，形似针状，剥开来，里面是又白又嫩的穰。丢进嘴里，水汪汪，甜滋滋的。

那时我尚不知，这种好吃的天然的零嘴儿，是从远古的诗经年代，一路走过来的。“静女其娈，贻我彤管。”春暖花开的时节，美丽的牧羊女，去见约会的小伙子，拿什么做礼物好呢？她踯躅半晌，最后聪明地拔了一把茅针带给他。

小伙子当然心领神会，他心花怒放，收下茅针当珍宝。“匪女之为美，美人之贻”——不是你这茅针有多好啊，实则因为，它是我心爱的姑娘所赠送的啊。

真正是没有比这个更适合做礼物的了。民间爱恋，原是这等的朴素甜蜜，野生野长着，却自有着它的迷人芳香。

后来，读宋时范成大的诗，看到他写的拔茅针，我乐了。无论沧海桑田如何轮转，这俗世的活法，却如出一辙，生生不息着。不妨读读他写的：

茅针香软渐包茸，蓬櫑甘酸半染红。采采归来儿女笑，杖头高挂小筠笼。

我们带上的却不是小筠笼，我们挎的是猪草篮子，很大个儿的。猪草篮子早就被搁到一边去了，我们拔呀拔呀拔茅针。肚子吃得溜圆了，吃得不想再吃了，还是拔。把全身上下的衣兜都装满了，还是拔——可见得，人生来都是贪的。那满地的茅针，哪里就拔得完呢！拔回家去，多半也被扔了。我奶奶不许我们放着过夜，说吃了过夜的茅针会耳聋的。又说，茅针放在家里过夜，会引了蛇来。

我偷偷试验过，把茅针藏在枕头底下，却没有耳聋，亦没有蛇来。我很高兴。原来，大人的话，也不能全信的。

我们种凤仙花，不是为了观赏，而是为了染指甲。

凤仙花好长，种子掉哪里，哪里就能长出一大片，你追我赶地长，一心一意地长。

我家屋角后，每年都有成片成片的凤仙花冒出来。也无须特地播种，乡下的花，少有特地播种的。风一吹，你家的花，跑到我家来了。我家的花，跑去你家了。也有鸟来帮忙，把花种子衔得到处扔。有时，你在废弃的墙头，看见凤仙花，或是鸡冠花，或是一串红了。你也可能在哪个沟渠里，发现了凤仙花的影子。你不必惊讶，乡间的花，原是长了脚的。

我家凤仙花开的时候，真有些壮观了，红的黄的白的紫的，像落了一地的小粉蝶，吵嚷得厉害。我们不懂赏花惜花，只管把那些花啊叶子的，摘下来，捣碎，加了明矾，搁上几个时辰，染指甲的原料就算制成了。

天热，晚上屋子里闷，大人们也都要在外头纳凉。虫鸣嘤嘤，闲花摇落，星子闪亮，静下来的时光，总让人好脾气的。我妈和我奶奶，难得地坐到一起，一边摇着蒲扇，一边话搭话地说些碎语。我和我姐去挑了肥圆的黄豆叶子，让我奶奶给包红指甲。我妈兴致上来了，也会帮我们包。

捣碎的凤仙花，敷在我们的指甲上，上面盖上黄豆叶子，用棉线紧紧缠绕了。一夜过去，第二天，手指甲准变得红艳艳的。

刚包好的手指甲沉甸甸的，偏偏蚊子来叮，手却搔不了痒，急得双脚直跳，却舍不得弄脱缠好的指甲套。我奶奶或我妈，这时会笑着来帮忙。

露水打湿了头发，夜已渐深，却迟迟不肯进屋去睡。小心里，也有了贪，希望这样的静好清欢，能够地久天长。

偶尔上一趟老街，我这枚吃货最大的乐趣，竟不是吃，而是看小人书。

也只老街上才有小人书的书摊。一棵大槐树底下，斜撑着简易的木板子，上面拴着一只只口袋，里面塞满小人书。二分钱可借一本看。

袋子里的硬币，从大过年时就开始攒着，为的是到老街上一饱眼福。

许多的字，不识。不要紧，看着图画，边蒙边猜，也是看得津津有味的。街角喧闹，那一方地盘儿，却是宁静的岛屿。

有孩子口袋里没钱，在小人书摊旁边转。看向小人书的眼神，像看向一大堆美食。守摊的中年男人真是硬心肠，他挥手赶那孩子走，“去，去，去！”像赶偷食的鸡。没钱别想看他的小人书，你再求也没用。

一次，有小孩趁他不注意，抓起两本小人书就跑。待到中年男人反应过来，他已跑进人群中去了。中年男人追了几步，没追着，嘴里骂骂咧咧的。回头，对他的小人书摊更是严加看管。

我为逃跑了的小孩感到高兴。他拥有两本小人书了，那是完全属于他的，他想什么时候看，就什么时候看。他想坐着看，就坐着看。他想躺着看，就躺着看。真好。我心里萌生出这样的愿望，等我长大了，我也要摆一个小人书摊。所有的小孩都免费看，想看哪本，就看哪本。想看多久，就看多久。

我姐没事的时候，喜欢装扮我。

衣裳也就那几件衣裳，是没办法替换的。头发却可以随意摆弄。

我姐在我的头发上花大工夫，要不把它辫成许多根小辫子，要不把它卷起来。

家里土墙上贴一仕女图，上面有女子云鬓高挽，簪着菊花一朵朵。我姐突发奇想，要给我梳那样的头。

菊花是不缺的，跑到屋后的河边，想采多少，就有多少。想采什么颜色，就有什么颜色。那里，一年四季，几乎都活跃着小野菊们嬉戏打闹的身影。

我们很快采得一大把。红黄橙白紫，五彩纷纭。

我姐照着墙上的画，给我挽头发，在上面横七竖八插满野菊花。

我顶着这样的头，跑出去。从村子东头，跑到西头。再从南边，跑到北边。沿途无人不惊奇观望，笑叹："瞧，那小丫头的头。"

若干年后，我听到一首歌，歌里这样唱道："醉人的笑容你有没有，大雁飞过菊花插满头。"我的眼泪一下子涌了出来，觉得那是在唱我的少年。

那些水样流过的句子

偶然翻到一本从前的笔记本，硬皮面的。扉页上，端端正正写着几个字：梅子摘抄本。

做文学爱好者那会儿，我真的虔诚得可以，买了许多本子，有的用来摘诗歌，有的用来摘文章，有的则专门用来摘句子。我翻到的，是摘句子的那一本。蓝色圆珠笔的字，写得很工整，一笔一画里，透着认真。

我愣住了。这是我常有的状态，用来对付我对付不了的突然。小时候写作文，喜欢故作深沉地写："一晃眼，时间就过去了。"想想好笑，那时懂什么呢？即使偶尔的忧伤，也是快乐的忧伤。一颗心，像刚钻出泥土的芽，急急地盼着枝叶繁茂。邻家姐姐留长发，穿红裙子，那是我向往的。我长大了也要留长发，穿红裙子。南京的辉姐来我家，穿着高跟鞋。我恨不得一夜就能长成她那般高，也好穿了高跟鞋。那是我最初认定的美。现在回头去看，一切都远得有些不真实了，烟波浩渺。

可是，这些句子还在，它们躺在我的笔记本里。我一页一页地翻，它们水样流过我的心，曾经的曾经，我在有风的阳台上读它们，或是在，蜜黄的台灯下，采摘下它们。它们是悬于枝头的果，饱满着，甘甜着。而我的心，就是盛装它们的篮子，有果实累累的喜悦。

“粉紫的，飘着香的泡桐花，粉紫的，飘着香的春天。”这是很简短的一个句子，我摘下它的那年多大？不过十八九岁罢。爱做梦。梦的色彩，都是无比绚丽的。亦喜欢发呆，喜欢在微雨的黄昏，看着窗外。如果有树，如果树上正好开着花，则会很应景的，我会背背晏殊的“无可奈何花落去”。那时，年轻的心，应该是一个花苞苞，稍稍的风吹露落，也会让它战栗不已。

再大一些，我开始靠近爱情了，喜欢那种忧伤的，让人愁肠百结的。“我的思念随着秋气的加深，和风一样，一天比一天疯狂。店铺里飘来歌声，街上的汽车人群轰鸣得叽叽喳喳，我的世界，却是空的。”摘下这样的句子时，我已恋爱了罢？常常会有一些莫名的忧伤，在我和他之间飘荡。我把承诺看得比生命还要重，喜欢说“永远”这个词。有永远的热烈吗？当然没有。可那时是不管不顾的，一腔的爱，非要燃烧掉不可。

“我曾两次去过你的家，可惜你家一直锁着门。你家院墙的篱笆上开了一朵牵牛花，我把它摘走了。小时候总企盼能听到它呜哩呜啦的演奏，童年的希望，多么像天上的小星星。”

青春的怅惘里，有了回忆。往昔不可留不可留啊。这样的句子，实在有些千转万回。它让人的心，沉醉其中，不知归路。

走进婚姻里，心才开始平和下来，知道日子要悠着过了。“幸福来时，不一定把步子踏得山响，她常常就混在下午三四点钟的阳光里，偷偷溜到你身旁。”我在柴米油盐里，渐渐成熟起来，变得宁静而安详。

“当城那边开始闪烁／万家灯火／我要辨出自家的那盏／然后下坡”，这是什么？这应是一首诗里的句子，我为什么独独喜欢这几句呢？原因是里面有那句，自家的灯盏。我是个特别恋家的人，喜欢屋檐、门窗、灯光，那是爱的厮守。

“孩子画的家都相似，三角做屋顶，方框做屋子，房子是那样的简单。可他一定不会忘了，在门前画上爸爸、妈妈和自己。什么是家？屋虽是破的，可只要一家人能在一起，那便是一处最完整而温情的地方。”这样一段句子，现而今读，我依然充满感动。自认自己不是个很贪的女人，要的，就是一个家，三个人。我们可以不富裕，但是，我们健康，平安，快乐。没有比这更好的了。

绿

喜欢绿。

没有一种颜色，比绿更广阔更浩荡。

春天，花还没来，绿先远行。人们不远千里追去看草原，其实，是去看绿的。牛羊点缀在绿上。湖泊镶嵌在绿上。蒙古包像白花朵一样的，盛开在绿上。一望无际的绿。波涛翻滚的绿。让一颗奔波的心，只想欢唱，只想纵情一回。

废弃的百年院落，墙上爬满绿。地上的砖缝里渗着绿。屋顶上，绣着绿。——真的像是绣上去的，茸茸的，在黑的瓦片上。

一只猫，跳上院墙，碰翻了一墙的绿。它在墙头上回眸，眼睛里，汪着两潭绿水。看着，竟让人忘了时间，忘了惆怅。

这世上，最是万古不朽的，是绿。

有绿环绕，生的趣味，才源源不断。

是在秦岭，大山腹部，遇见一条绿的溪流。

真真是绿透了呀，像把满山的绿草绿树，都给揉碎了，榨出汁来，倒在里面。

我惊诧得顿住脚步。想捧上那样的一捧绿，在口袋里放放好。不为什么，只想随时摸摸，这生命的质地。

也终于明白，亨利八世的爱情。他偶遇一个着绿衫的姑娘，立即为之神魂颠倒。宫廷华丽，美女如云，却难忘野外的绿袖子。小绿初开，在心里种出温柔来。怎能相忘！怎么相忘！于是，一曲《绿袖子》成了经典。

这是绿的魔力。

去西藏。好山好水地看过去，最难忘的，却是纳木错。

高原之上，它不时地变幻着魔术，逗自己玩。天空是蓝的，它就是蓝的。天空是靛青的，它就是靛青的。天空是灰的，它就是灰的。

那天我去，恰好撞见一个绿的湖，碧绿的。像条绿丝带，飘拂于山峦之中。

之前，我因高原反应剧烈，头疼欲裂，寸步难行。然等我看到它的刹那，我的所有不良反应，竟神奇般地消失。我跳下车去，奔向它。那飘向天际的绿丝带，跟山峦浑然一体，跟天空浑然一体，纯净安然。你只觉得灵魂被洗濯一遍，空灵，宁静，无所欲求。

湖旁堆着不少的玛尼堆。有的高得像座小山丘。藏人绕湖一圈，祈福，放下一粒石子。再绕湖一圈，祈福，放下一粒石子。如此循环，无有止境，才形成这样的玛尼堆。而绕湖一圈，需要几十天的时间。这小山丘一样的玛尼堆，该叠加着多少双虔诚的脚印！为我的牛羊祈福啊。为我的亲人祈福啊。为这混沌的尘世祈福啊。为我的来生祈福啊。他们信奉着心中的神，欢乐、哀伤、苦难、悲怆，一切的情绪，最终，都化为平静。平静得像一抹绿，湖水一般的绿。

生命本该呈现的，就是这样的平静啊。

在一个叫华阳的山区，看山民们制作“神仙豆腐”。

说是豆腐，其实与豆一点关系也没有，它完完全全是由绿绿的树叶制作而成。

树的学名叫“双翅六道木”，山民们却唤它“神仙树”。过去饥荒年代，人们拿它救命，捣碎，取汁充饥。谁知那汁液竟十分的可口黏稠，绵软似豆腐。人们怀着感恩的心，当它是神仙所赐，叫它“神仙豆腐”。代代相传，它成了独特的民间小吃。

一对老夫妇，做这个已五十多年，靠这个养大四个儿女。如今儿女们都出息了，但老人家还是每天一大清早，走很远的路，攀上山去，采回树叶，做“神仙豆腐”。他们说，做习惯了，一天不做，心里就空得慌。

我看到他们，把烫煮过的绿叶子，扣进木桶里，拿木杵一上一下地杵。绿绿的汁液，很快漫出来，被过滤到另一只桶里，均匀地摊到一块大石板上。石板迅捷披上了一件绸缎般的“绿袍子”，那么绿，那么滑。待冷却后，揭下那件“绿袍子”，切成手指宽的绿条条，凉拌，吃在嘴里，又滑又软，清香透了。

那一口一口的绿啊！人间美味，叫人感激。

去江南。随便一座古镇，深巷里闲遛，也总要撞见做青团子的。

那是取了青绿的艾蒿，碾碎，和了糯米粉，揉搓而成。

看做青团子，也是极有意思的。眼见着那一团一团的绿，在一双手上盘啊盘啊，就盘成了青团子，乖乖地在蒸笼里躺着，浑身绿得晶莹透亮。像颗绿宝石。蒸笼上冒出的香气，竟也是绿绿的了。

我爱看那些捏着青团子的手，苍老的，或年轻的，无一不浸染着绿。深巷幽静，我的耳畔仿佛响着一支绿的情歌，咿咿呀呀，从千年的烟雨中，一唱三叹的，穿越而来。

五　月

五月，是没有多余的话要说的。

就像一个人，已然经过青春的轰烈，渐渐落入过日子的寻常与平稳中，一鼎一镬，温暖敦厚，是不用再急急地去表白的。五月的表情，喜悦平和。

草木走到五月，已走到它们的盛年。这个时候，没有一棵树不是绿的。没有一棵草不是蓬勃招展的。杉树的叶子，青嫩青翠得可以摘上一把，拌了吃。爬山虎携着一枚一枚的绿，贴满了人家满满一面墙。我早上走过时，望上几眼。晚上走过时，再望上几眼，心底有绿波在荡。

鸟的叫声，也是饱含了绿意的，只轻轻一婉转，那绿，仿佛就滴淌下来。我抬头，看到一只鸟，野鹦鹉，或是画眉，正站在一棵浓密的银杏树上发呆。那是午后的好时光，阳光打在银杏树上，片片叶子，都闪闪发光。一个老人从树下过，手上托一把茶壶，施施然。我望着，心动一动，笑了，五月是这样的安妥，风清日朗，让人步履轻盈。

五月的花不多，少有漫天漫地的了，但一个顶一个卓尔不凡。譬如槐花。譬如蔷薇。

你不用眼睛看，用鼻子闻闻，就知道是槐花开了，它把甜蜜的气息，一点不留地泼洒在半空中。你顺着甜味找过去，准不会让你失望，一树的槐花，撑着一肚子洁白的甜蜜。——但你还是要惊喜一番，哎，槐花开了！恨不得像小时一样，爬上树去，捋上一把吃。但到底，你只是站定了，不动，静静地看着那一树银白的花。岁月过去了很多年，花还是昔日的样子，真好。

蔷薇则开得比较含蓄。它像从前缠了小脚的女子，踩着五月的节拍，不紧不慢地，碎步轻移，一朵一朵往外吐。每一朵，都是精挑细选的，细皮嫩肉的好模样。人家墙头上有那么一丛蔷薇，那墙头就幸福得不得了，尽管油漆斑驳，却清秀古朴得很。

五月还有个节气，叫小满，“物致于此小得盈满”。小富则安。我却在这叫法上低回，小满小满，是小小的满足。日子里，少有大起大落的，要的就是这小小的满足，来安抚走倦了的心。

这个时候的乡下，现出丰腴富足的好景象，“麦穗初齐稚子娇，桑叶正肥蚕食饱。”还有桃结果了。还有梨结果了。新蚕豆也上市了。

母亲说，回家一趟吧，家里的蚕豆可以吃了。我这才发现，街上到处有卖新鲜蚕豆的，碧绿饱满的荚里，躺着翠玉一般的蚕豆。雪菜烧是好的。蒜苗烧是好的。油焖是好的。哪怕就清水煮着，稍稍搁点盐，也是一股子的清香，又粉又嫩。想想世上有这般美食，总是让人舍不得的。

五月，气温变得四平八稳，不再上蹿下跳，我们开始穿单衣了。棉袄晒晒收起来。围巾晒晒收起来。厚被子也换了，冬日的沉重，彻底远离。隔壁邻居家的小孩最高兴，他刚学会走路，整天被包裹得里三层外三层的，走路像企鹅。现在，他自由了，一件汗衫套着，藕段般粉白的四肢乱动，就差有一对翅膀飞上天了。他急急地走，急急地，后面跟着他的祖母，一迭声叫，慢点，慢点。小孩哪里听，他只管一路向前冲着，挥动着双臂，咯咯笑着，满满的世界，满满的未知，等着他去一一相见。

认取辛夷花

少时读《红楼梦》，是读得一知半解的，里面好多情节，读过也就读过了，多半记不住。然独独对第四十回中描写的“软烟罗”，记得牢靠。软烟罗，软烟罗，单单念着这几个字，就叫人浮想联翩了。何况它的颜色又各各艳丽着，一样雨过天晴，一样秋香色，一样松绿的，一样银红的。那银红的，贾母命人给黛玉做窗纱。

真奢侈！

我不知道，若是拿这样的软烟罗，给我家的窗子糊上，人睡在里面，会是什么样的好滋味。

我家的窗，只留着一个窗洞，是从来不糊窗纸的。窗帘也没有。冬天天冷了，风刮进来，大人们拿一把稻草塞塞完事。其他的季节，也只用块破塑料纸蒙着。风一吹，哗啦啦作响。我读初中，有同学不经我允许，跑去我家找我。我生气得很，觉得羞耻。我羞耻让他望见了我家的贫寒——哦，窗洞竟是用稻草塞着的。

那时去老街，我最流连的，是那些有着粉色窗帘的窗。清晨，穿着碎花睡衣的小街女子，蓬松着头，睡眼惺忪，从有着那样窗帘的房子里走出来，款款的，去上公共厕所，我亦觉得美好。因有了那一挂窗帘，她们整个的人，都是轻逸优雅的。

我软磨硬泡求着我奶奶，给我们的房间挂上一幅窗帘吧，我求我奶奶。我奶奶想起来，当年新房上梁时，有用剩下的红棉布、绿棉布。红棉布给我做了件小褂子，早穿旧了。绿棉布一直收着。她被我缠得没法，翻箱倒柜，把绿棉布给找出来，用几股棉线穿住一边，也就在房间的窗上挂上了。

晚上，我躺在床上，世界被挡在窗帘外。我望着这幅绿窗帘，迟迟不肯睡，看灯光在它身上描出橘色的影子，有着一屋子的好，心里真是高兴。

再去学校，我有了足够的资本邀请我的同学去我家玩。我说："就是有绿布窗帘的那一家啊。"怕他们记不住，再三重复，一定记住啊，是绿布窗帘哦。

一些年后，我读袁宏道的《横塘渡》：

横塘渡，临水步。
郎西来，妾东去。
妾非倡家女，红楼大姓妇。
吹花误唾郎，感郎千金顾。
妾家住虹桥，朱门十字路。

认取辛夷花，莫过杨梅树。

我读着读着，就笑起来。诗里的女孩子实在是俏皮有趣的，还兼着有些显摆。红楼大姓妇——那是很有点钱的呀。门口栽的花树也极显品位，是芳香优雅的辛夷花，也就是紫玉兰。横塘偶遇，她见到意中人。临别之际，她约他去她家拜访，把她的骄傲给端了出来。她说，我家就是家门口栽着辛夷花的那一家啊，你千万莫要走错了呀。

寻常岁月，就这样旖旎生动起来。

草世界，花菩提

初识它，是在一册诗书里。原是坊间小曲，被人吟唱。后被文人推崇，成词牌名，按韵填词，名扬天下。从远唐，一路逶迤而来，一唱三叹，缠绵旖旎。我仿佛瞥见，大幅的屏风，上面栖息着大朵的花，牡丹，或是芍药。屏风后，美人如水，怀抱琵琶，浅吟低唱着——虞美人。她葱白的手指，轻拢慢捻，一曲更一曲。月升了，夕阳斜了，美人的发，渐渐白了。

女人的年华，原是经不起寂寞弹唱的，弹着弹着，也便老了。

后来，我识得一种花，叶普通，茎普通，花却浓烈得让人惊异。血红，红得似天边燃烧的霞。单瓣，薄薄的，如绫如绸。它们在一条公路边盛开，万众一心。公路边还长了低矮的冬青树，里面夹杂着几株狗尾巴草。让人一喜，分明就是曾经的熟识啊！我停在那儿，等车。车迟迟不来。

那是异乡。我因了几株狗尾巴草，不觉异乡的陌生与疏离。又因了一朵一朵殷红的花，不觉等待的焦急与漫长。我的眼光，久久停在那些殷红上，它们腰身纤细，脸庞秀丽，薄薄的花瓣，仿佛无法承载内心的情感，无风亦战栗。很像古时女子，羞涩见人，莲步轻移。

寻问一当地路人："请问，这是什么花？"路人瞥一眼，说："虞美人啊。"许是见多了这样的花，他不觉惊异，回答完我的话，继续走他的路。他完全不知，他的一句"虞美人啊"，在我心中，激起怎样的狂澜。看着眼前的花，想着它的名，远古的曲子，不由分说地，在我耳畔轻轻弹响：是李后主的"春花秋月何时了？往事知多少"；是周邦彦的"柳花吹雪燕飞忙。生怕扁舟归去、断人肠"；是纳兰性德的"残灯风灭炉烟冷，相伴唯孤影"；是苏东坡的"夜阑风静欲归时，唯有一江明月碧琉璃"。

人生最难消受的，是别离。是虞姬且歌且舞，泣别项羽。这个楚霸王最爱的女人，当年风光时，她与他，应是人成对，影成双。垓下一战，楚霸王大势尽去，弱女子失去保护她的翼。男人的成败，在很多时候，左右着女人的命运。她拔剑一刎，都说为痴情。其实，有什么退路呢？她只能，也只能，以命相送。传说，她身下的血，开成花，花艳如血。人们唤它，虞美人。

真实的情形却是另一番的，此花原不过田间杂草，野蒿子一样的，贱生贱长，不为人注目。然它，不甘沉沦，明明是草的命，却做着花的梦。不舍不弃，默默积蓄，终于于某天，疼痛绽放。红的，白的，粉的，铺成一片，瓣瓣艳丽，如云锦落凡尘。人们的惊异可想而知，它不再被当作杂草，而是被当作花，请进了花圃里。有人叫它丽春花。有人叫它锦被花。还有人亲切地称它，蝴蝶满园春。——春天，竟离不开它了。

生命的高贵与卑微，本是相对的。纵使不幸卑微成一株杂草，通过自己的努力，也可以让命运改道，活出另一番景象。

蓝

植物唤蓝，真正迷死人。

怎么就唤蓝呢？

马蓝、木蓝、蓼蓝、菘蓝，哪一个念在嘴里，都能念出一嘴的蓝来。染了春衣，染秋衣吧。染了衫子，再染裙吧。

我总忍不住想上一想，是谁，最先发现，葛可以织布，蓝可以染衣裳？布能遮体，一为避羞，二为避寒。然用蓝来染色，却无关乎羞与寒冷。

只是因为，追求美啊。

在美跟前，人类无师自通。

想起曾看到的一幕。一个流浪在街头的智障女，在垃圾桶里，捡到一枚红色发夹。她高兴地举着发夹，近乎发狂地笑着跳着。然后，她把它，夹到了她的发上。她指着头开心地对人说，美，美。

美，才是人类最原始最华贵的尊严。

人类祖先，给我们开创了美的先河。女人们在头上戴花，戴荆钗。男人们在头上插羽毛，在腰间佩饰物。把贝壳、骨头、石子钻出孔来，穿成手镯和项链，装饰手腕和脖子。但我还是要惊异于，他们怎么就想到要把颜色，染到衣上？怎么就知道蓝草里面能提炼出蓝？

真聪明啊！

《诗经》里有“终朝采蓝”之句，每回念到，我都如初见。喜欢。喜欢到忧伤。想着那个采蓝的女子，蓝衫蓝裙地穿着，去野地里采蓝，为她的夫君织染衣裳。夫君尚在远方，说好五天归的，六天过去了，他竟还没有回。她心不在焉地采呀采呀，思念都染上蓝了。她的夫君若远远打马归来，是否率先看到他的那一朵蓝？

人类最贴己的颜色，原是蓝。

幸好，还有那样的老作坊在，织染着从前的蓝。

是在湘西的苗寨。那里的人们，还过着自给自足的生活。吃的是自家种的粮食，穿的是自家织染的衣裳。无论大人小孩，都是一身的蓝，靛蓝，或蓝黑。衣襟和衣袖上都绣了花。他们一个个走出来，仿佛是从《诗经》里走出来的。

那里的女人们都精通织染和绣花。她们把采来的蓝草，一篮一篮，浸泡在大缸之中。隔天，再加以石灰搅拌。几天之后，撇去上面清水，得半缸蓝胶，就是上等的染料。

看过她们把染好的布料，晾在太阳底下晒。那一匹匹蓝，在蓝天下飘拂着，有着远古旷野的浩荡、朴素和寂静。

蛙声遍地

这两天，颇能听到几声蛙鸣，在夜晚。

一开始，我以为听错。蛙声在乡下不足为奇，乡下的夏夜，没有蛙叫，那还叫夏夜么！那简直就像沙漠里没有沙子，北冰洋里没有冰山。

乡下的夏，是因蛙们而丰富丰满的。天边夕照的绯红，才刚刚收去尾梢。虾青色的夜幕，才刚刚拉开一丝缝，蛙们已等不及了。它们彩排了一天了，这个时候，争先恐后地登台，鼓足了劲，亮开嗓门，一曲又一曲的大合唱，便响彻四野。

乡人们习以为常了，任蛙们的歌声再嘹亮，他们愣是一点小小的惊诧也没有。他们在蛙声中晚饭，洗漱，纳凉，睡眠。稻田里的水稻，催开了一团又一团细粉的花，于夜风中播着清香。还有棉花。还有玉米。还有黄豆、南瓜、丝瓜和向日葵。还有厨房门口那一大蓬紫茉莉。哪一样没有被蛙们的歌声灌醉？开花的拼命开花，结果的拼命结果。露珠在蛙声中轻悄悄滑落。夜鸟偶尔一声轻啼，是做了一个溢满歌声的梦吧？天上密布着的星星，似乎变得更亮了。

夏夜的村庄，是交给蛙们的。

可这是在城里，城里哪来的蛙呢？我侧耳谛听，没错，是蛙叫。和乡下肆无忌惮的叫法不同，来到城里，蛙们到底有些拘谨了，完全是试探式的，呱，呱，一两声。停停，换换气，再来一两声，呱，呱。

刚下过一场雨，空气湿润凉爽。我去散步，拐过路边一个小公园。公园边上，长着说不清有多少棵的木芙蓉，密匝匝地绿着，开着薄绸子一样红艳艳的花。几只蛙就伏在花下面唱歌。

我走过一座桥，也听到了蛙鸣。桥建在供市民休闲的广场上，广场上有人工小河东西横贯，河边植有柳和木槿。河里面浮着睡莲七八朵，水草蔓生。一场雨，使得河水看上去很有些辽阔的样子。蛙们就蹲在睡莲之上，往来在水草之间，载歌载舞。

路边的植被中，蛙在唱歌。那是些冬青树和红叶李，还有些绿莹莹的三叶草。蛙在其中快乐地跳跃。

甚至，在人家的花坛里，也有蛙来造访，在那里引吭高歌。——城里，竟也是蛙声遍地了。这令我惊喜且惊奇，这些蛙是从哪里而来？

我想到了雨。

对，是刚刚下过的这场雨引诱来的。大雨喂饱了树。树说，留些雨水给花朵吧。花朵吃饱了，说，留些雨水给小草吧。小草吃饱了，说，留些雨水浇灌泥土吧。低洼处的雨水，汇聚到一起，亲密无间。一阵风过，竟也像小河一样的泛起波浪。

雨一定是蛙的情人。蛙奔着雨来了，跋涉再远的路，也奔来了。树脚下，花朵间，小草的叶片儿上，低洼处的水里，哪里都有雨的影子，蛙一一找到，与它们会合。它激动地唱啊唱，说不完的情话一箩筐。

我很吝啬这几声蛙叫，久久站着，听。路过的人，亦有被蛙声牵住脚步的，他们停下，侧耳，脸上有惊喜浮现。——听，是青蛙在叫呢，一人说。明明是句多余的话，却博得大家一致的点头，微笑。生命是如此活泼喜悦，叫人如何不爱？

光阴如绣，蔓草生香

一

买来的生姜，忘了吃它，它兀自在塑料袋子里，长出芽来。哦，不，不对，那不是芽了，它有枝有叶，绿意盈盈，简直就是一株植物的模样了。

我把它移到花盆里，对它说，亲爱的姜，你长吧，按你自己的心意，长成你想要的样子。

我听见它的欢笑。

是的，生命中，能按自己的心意生长，是件多么愉快的事！

同样这样长着的，还有红薯。还有绿豆。还有葱。

亦是忘了吃它们。它们就悄悄地退到一边，发芽，抽茎，长叶，端出一捧的绿来给我看。

时光大度而宽容，足够一个小生命，编织出属于它自己的梦。

二

早起，去看昨天开着的那朵扶桑。只一朵红，缀在我的窗台上，明艳得像红唇。楼下走过的人，抬头，都能看得见。

他们问，什么花啊，那么红！

我欢喜地答，扶桑啊。

现在，它已萎了。

生命的灿烂也只是一日工夫。但我知道，灿烂不在时间的长短。我已记住了它的模样。昨天的风也记住了。云也记住了。鸟也记住了。

昨天的云，落满窗。一只鸟儿，停在我的花旁，啁啾了大半天。

三

紫薇的花开得茂盛极了。小城的路边都是，或红或紫，或蓝或白。一撮一撮，拼尽颜色，不藏不掖，有着傻傻的热情。看着它们，本是清素的心，也变得灼热起来，想笑，想爱，想对这个世界好。

还有木芙蓉和木槿，也是赶着趟儿地开。

还有合欢。已是秋了，它们居然还在开着花，柔情不减。

我在合欢树下走。我踮着脚尖，朝它们的花朵伸出鼻子去。旁边有人不解，看我。我说，香。那人也把鼻子凑过去，脸上有了笑意。

合欢的香，是小儿女的体香，那种浅淡的甜。让人的心发软。

还有一种树的叶子也极好闻，像薄荷。我每每走过它身边，都会去摘上两片叶子，放口袋里。

四

喜欢在黄昏时，出门去。

这个时候，万物都着上了温柔色，无一不是好的。

天上的云，开始手忙脚乱地换装，在太阳离去夜幕降临前，它们总要来一场大型演出。赤橙黄绿青蓝紫——云的演出服，可真是多得数不清。

换好装的云，疯跑起来。不过眨眼工夫，它们就都汇聚到天边。天边的色彩变得繁复起来，斑驳得如同堆满了油画。又是奢华的、变幻莫测的。云的舞姿，实在太出神入化，曼妙得叫夕阳都融化了。

人不知道，他是多么有福分，每天都能欣赏到这样一场隆重的演出，且是免费的！人总是急急地往前赶、往前赶，硬生生错过了多少这样绚烂的黄昏。

我不急。我遇见了，必停下脚步，把它们看个够。

生命中的遇见，如此有限，这个黄昏走了，也便永远走了，不可再相见。然浮世的追逐，却是无限的，得失名利，哪有尽头？用有限，去换无限，那是顶不划算的事。我不愿意。

我愿意把我生命的三分之一匀出来，交给光阴，只为听听风吹，看看花开。只为在这样的黄昏底下，携一袖清风，看看云的演出。

五

想在白云朵上种点什么。

那真是一朵一朵的白云朵，它们一个挨着一个，随意而又散漫地席蓝天而坐。像丰收过后，晒场上蹲着的棉花朵。又像小时的我们，托着下巴，在田埂上坐着，等着谁给讲故事。

谁给它们讲故事呢？又会讲一个怎样的故事呢？

——我多想知道。

是不是关于小花和小蚂蚁的？是不是关于青草和羊群的？是不是关于溪水和小鱼的？

我想在那白云朵上，种上草。嫩绿的、翠绿的、青绿的、碧绿的草，配上这样的白，多么相称。风撑着青草的长篙，以云为舟，自由来去。真个是光阴如绣，蔓草生香。

秋未央

秋来了，谁先知道？是乡下的稻谷。是果园里的果树。是河畔的苇和蒲。是屋旁的银杏。我在阳台上晾衣裳，稍一探头，就与那棵银杏打了个照面，满树的叶虽还青绿着，但脉络间已描上秋的金黄的影。

秋未央。这个时候季节的丰盈，无可比拟。所有的果实都开始丰满，连雨水也是，风也是。还有白天的云彩，晚上的月亮和星星，无一不是丰衣足食的好模样。我以为，一年最好的时光不是春归处，而是橙黄橘绿时。

人很有口福了。桃不喜吃了，就吃梨。梨不喜吃了，就吃葡萄。葡萄不喜吃了，就吃苹果。瓜果们排着队，等着采摘的手来垂爱，每一只都是饱满的、浑圆的，裹着香，藏着甜。人爱用“瓜果飘香”来形容这个季节的好，这真是再贴切不过，光念念，就唇齿绕香。

狗尾巴草站在路旁傻笑，缀满全身的籽再也撑不住，“噗”一声，掉下几粒来。来年，它的脚下必是一地繁茂，它踌躇满志意气风发。想想吧，谁有它足迹宽广儿孙满堂？凡是有泥土的地方，都能见到它。它在屋角下的一只破瓦盆里。它在人家屋顶上的瓦楞间。它在高高的纳木错湖畔。它在巍峨的泰山脚下。这世上，没有它到不了的地方。古人赞，野火烧不尽，春风吹又生。那里面，断断少不了它。

这个时候，一定还有很多种子，悄悄躲入地里，埋下来年的希望和葱茏。像风潜入池塘。像雾霭潜入黑夜。春天里一页花红，一页柳绿，再一页草长莺飞，哪一页不是它早就描摹出的模样？

花已开到深深处。菊是不消说的，浓妆艳抹，华丽殷实。学校教学楼旁的凌霄花，攀在一棵树上，登高望远，举着一蓬的橘红，恨不得把花一朵一朵插到云里去。紫薇开得有些急不可耐。你要它一朵一朵地轻濡慢染？不，不，那太慢了。它干脆提了颜料桶，这里浇上一勺，那里泼上一瓢，于是乎，这里一大团粉红，那里一大团蓝紫，再来一大团象牙白。簇簇的，惊心动魄。

木槿则开得比较文静，不疾不徐。我上班的路上，经过一条河，河边植有两株木槿。我从那里来来去去无数趟，见到的都是满枝的绿叶中间，静静立着几朵粉紫的花，骨骼清秀，天荒地老的样子。我查过资料，知这种花朝开暮落，今日眼中所见之花，已非昨日之花。但它却有层出不穷的本事，这朵息了，那朵接着开，从六七月的盛夏，一直开到秋深。《诗经》

里有“颜如舜华”之句，把一女子比作木槿。我想，好女子当如木槿吧，不单相貌俊美，而且遇事能够温柔地坚持。

电话响，接起，那头劈头盖脸就问，你们说过要到我家来吃石榴的，什么时候来啊?

怔怔半晌，方想起那头是谁。还是春天的时候，和几个朋友去乡下采风，进一户农家，院子里有石榴树，红灯笼似的小花朵，挂满枝枝丫丫。我们几个兴奋地围着拍照，末了，跟那家的女主人说，等石榴熟了，我们来吃。女主人相当高兴，记下我的手机号，说，到时你们一定要来啊。

我早已把这个约定忘记，她却郑重地记着，隔了百十里的路，给我打来电话，说，入秋了，我家院子里的石榴红了。

为这一句，我感动得半天无言。你对我说过的话，我都记着。我对你说过的话，也望你能记着。不相忘，便是人世间最深的情、最真的好。

十　月

十月说来也就来了。

不过几日工夫，天空就像一把巨伞给撑开了似的，高远得很了。明净的蓝，蓝绸缎一样的，抖开来，滑溜溜的，一铺千万里。这时的天空，太像海洋了，稠稠的蓝，厚厚的蓝，纯粹的蓝，深不见底。不多的几丝云，像白菊花细长的花瓣，浮在水面上。

人在十月的天空下走，忽然有种手足无措的感觉。像在骤然间，被谁拽进一间豪华的宴厅。宴厅里，多的是衣香鬓影、美酒金樽。灯光闪耀辉煌，丰盛的菜肴，摆满了桌子。水果成堆，柿子、桔、大枣、石榴、香橙，只只都是饱满欢实的。菱角老得很劲道了，采摘下来，用刀切开，里面全是粉嘟嘟的肉。剥了它，用瓦罐煨鸡，是再好不过的一道美味。

这个时候，大把大把的颜色，渐渐让位于金色。好像之前一个春天的草长莺飞，一个夏天的荷红柳绿，全都是为它作铺垫。你眼中所见到的，是夺目的金、奢华的金、古朴的金。人常用金秋来说十月，真是再妥帖不过了。十月，真的就是金做的呢。

尤其是乡下。

驱车去乡下吧，那里的每一枝稻穗，都是金色的。稻穗们你挤我挨，站满一田，再一田，稻浪翻滚，是一地一地的金子在滚哪。老农站在稻田边，脸上是小有成就的自得之色。他望向稻田的眼神，很像望向一群儿女。哪一棵水稻，不是他一手带大的？彼时彼刻，他的心，是舒坦的、愉悦的。稻穗映得他满头满身，都是金色，他是闪闪发光的一个人。

河边的芦苇，也快变成金的了，从茎到叶，再到花。而茅草整个地柔软起来。一堆儿茅草挤在一起，像极小黄狗身上的毛，泛着金色的温暖。如果你躺上去，做上一个梦，当也是金色的吧。

雪白的棉花，上面也好像敷了一层金粉，越发显得白。那是阳光洒下的。那是风洒下的。

十月的风，已开始带了哨音，吹在身上，薄凉。夜晚在路边亭子里闲坐，露水调皮地溜进来，歇在发上、肩上、膝上，裸露的手臂，有了冰凉之感，必须加件厚外套才行。回家查日历得知，快寒露了。寒露过后，就是霜降。秋已走到深深处。

栾树的果却继续红着。我去一家小超市买盐，出门，被门口一树一树的红，差点惊了个趔趄。它简直红得有些吓人，一颗一颗，心一样的，抱成一团，燃烧起来，从树上，一直燃烧到地上。满地落红！却不让人感伤，只觉得美，美到极致！去日无多，它似乎紧着这最后时光，疯狂一把。它当懂得，华丽丽转身，远好过颓败萧索，更让人记挂和念想。

桂花已经爱到不能自已，只管把一颗心也辗碎了，制成蜜饯。香，香透了。拿去吧，你尽管拿去吧。更深露重，天地却因这香，显得情意绵长。怎忍匆匆离去？坐会儿，再坐会儿，在这桂香里低回、浅笑，人生的那些追逐忙乱，都变得无足轻重。

菊花开满头了。

有空就上街去转转吧，不定就能遇到一拖车的菊花。卖花的大多数是老人，瘦，但精神着。花要的不是忽略，而是倾心相爱，人老了，心思变得单纯，与花相伴。

我总会带回一两盆。书房里摆着。夜凉如水，总有花这么开着，总有人这么好着。

白云生处

一

好好的，突然刮起了一阵风。

风真大，似猛兽发了狂，一路狂奔着。晾在外面的衣，挂不住了，我收进来。一抬头，看到天空，我竟怔住，不自觉“啊”了声。

那些云，那些雪白雪白的云，被风赶着，慌不择路地跑着。跑着跑着，就滚到了一起，滚成一个一个的大雪球。天蓝得深沉又深情，跟湖泊似的。那些“雪球”，又似浮在水面上的大白鹅。这一群“白鹅”，是谁放牧的呢？

不可思。

我也就不去思了。只做着一个，闲观“白鹅”凫游的人，觉得幸福。

晚上七八点的天空，又是另一番样子。风止了，云朵稀了，它们变成莲花瓣了，簇拥着一个大而皎洁的月亮。这个时候的月亮，有王者之气，有金属的光芒。

花树扛着一树的花，浸着月光，朵朵都是蜜饯。青草地上的青草，浸着月光，柔嫩清润得似乎都能摘下来，直接塞嘴里吃。月下有跑步的人，他们泡在月光里，有瓷器之美。

我一会儿看看天空，一会儿看看大地。我所要的好世界，就是这个样子的吧。

二

五月。我在合肥。

下午三四点的光景。天空很干净，有蓝玉之光。这样的天空，惹得我频频抬头。后来，我索性停在路边，一心一意地看。

无数的白云朵，突然冒了出来。像一场雨后，蘑菇们唰啦啦从土里钻出来。

这很神奇。我想，天上一定有谁在种着这些“白蘑菇”。

这些“白蘑菇”密密地聚在一起，又嘭嘭嘭地开起花来。你根本来不及细看，那些花朵，便都开好了，像秀气的玉兰花。

一天空的玉兰花呀。一朵挨着一朵，一朵挤着一朵，仿佛就有香气流淌下来。

我恨不得飞上天去，摘下它们来，提着篮子去叫卖，让花香染遍一条又一条悠远的深巷。

晚上，跟当地朋友说起这个。他挺意外，“啊”一声，笑了，说，是吗，有吗？我们这里也有这么好的天空？

我突然心疼得不知所措。

不远处，五月的蔷薇，攀爬在一户人家的铁栅栏上，默默地开。

三

杜牧写“白云生处有人家”，这一笔真是聪明、漂亮、大气磅礴！

没有多余的修饰，甚至不带一点比喻和夸张，他近乎大白话地，把眼睛里看到的，给实打实地描绘出来。秋色弥漫，草木斑斓，有石径弯曲其上，直往那云端里去了。鸡舍房屋，隐隐约约。山居寻常，却如此动人心魄。

他用的那个“生”字，令我着迷。是“生活”的生；是“活生生”的生；是“生龙活虎”的生；是“生生不息”的生。

我们来这尘世走一遭，原都是为了这个“生”。白云朵，亦不例外。

每一朵白云，原也是有根有家的。

这样的云朵，鲜活、亲切，有烟火气。

贾岛的“云深不知处”也好，却显得渺茫，心绪无着落。

四

我说我养了几朵云。

唔，是真的。

我把它们养在窗子外头，养在我小屋的上空。

我在屋子里做事，一扭头，就看到它们。小白鸽似的，隔着窗，朝我张望。

每天有它们在，天空多晴朗啊。

它们都是爱学习的好孩子，每个都学得一身变魔术的好本领。有时，它们会变成小鸡、小狗、小羊、小兔子，甚至小老虎，逗我玩。有时，它们又变成小溪流，哗啦啦地流。再或者变成沙滩，变成山峰、丘陵和峡谷。

我看书的时候，它们也一本正经地看书。我在给花浇水的时候，它们就自己变成一朵花。

它们也会跟我屋前长着的几棵树玩。把影子一朵一朵，投射到树的上面。一只鸟，蹲在它们的影子里唱歌。一只猫，走过树下面。它抬头看看树，有些好奇，它一定看见了白云朵藏在里面。

它们偶尔也会离开几天，去巡游外面的世界。它们一离开，天就阴了，下雨了，或是下雪了。我不急，也不埋怨，只耐心等着，我知道它们很快就会回来。

果真的，我一觉醒来，雨停了，雪止了。它们正蹲在我的小屋旁，一脸明媚地看着我。

如果有一天，我说我要送一朵云给你，那你一定被我当成了知音。

冬天的树

在冬天，我常常不由自主地会为一棵树停下脚步，一棵掉光叶的树。

那棵树，或许是棵银杏。或许是棵刺槐。或许是棵苦楝树。或许是棵桑。它们一律的面容安详，简洁清爽，不卑不亢，不瞒不藏，坦露出它们的所有。没有了蓊郁，没有了喧哗，没有了繁花灼灼、果实丰登。可是，却端然庄严得叫你生了敬畏和敬重。

偶尔的鸟雀，会停歇在它裸露的枝条上，把那当作椅子、凳子，坐上面梳理毛发，晒晒太阳。它也总是慈祥地接纳。

风霜来，它接纳。

雨雪来，它接纳。

岁月再多的涛光波影，也难得撼动它了。它在光阴里，端坐。鼻对口，眼对心，如“打禅七”的禅僧。

智利诗人聂鲁达说，当华美的叶片落尽，生命的脉络才历历可见。一棵冬天的树，很好地诠释了这句诗。

它让我总是想到那次偶遇：

是在南国小镇。年老的阿婆，发髻整齐，穿着香云纱的衫裤，端坐在弄堂口。风吹过去，吹得她的衫裤沙沙作响。人走过去，花红柳绿地摇曳生姿。她只端坐不动，与世界安然相对，榆树皮似的脸上，不见喜悲。

年轻时的故事，却是百转千回层层叠叠。家穷，兄妹多。那年，她不过才十一二岁，就南下南洋打工。所得薪金，悉数寄往家里。一段日子的苦撑苦熬，兄妹们终于长大成人。她从南洋返回后，自梳头发，成了一个立誓终身不嫁的自梳女。

那个年代，女性的地位低下卑微。走出家门的女性，独立意识开始苏醒，不甘心嫁到婆家，受虐待受欺侮。于是，她们像已婚妇女那样，在乡党的见证下，自行盘起头发，以示独守终身，这就成了自梳女。做了自梳女的女子，若中途变节，是要受到重罚的。轻则会遭到酷刑毒打，重则会被装入猪笼投河溺死。死后，其父母还不得为其收尸葬殓。

可是，爱情的到来，犹如春芽要钻出土来，四月的枝头花要绽放，哪里压得住！她爱了。

被吊打，被火烙，还差点被沉了河，她依然矢志不渝，只愿和心爱的人能生相随，死相伴。

她最终被乡党逐出家园。爱的那个人，却始乱终弃。她当时已怀有身孕，一个人流落他乡，养蚕种桑，独自把孩子抚养长大。

她拥有一手传统的好手艺，织得香云纱。九十多岁了，自己身上的衣，还是自己亲手织布，亲手漂染，亲手缝制。

人们把她的一生当传奇，对她的往昔追问不休。她只淡淡笑着，不言不语，风云不惊。

是啊，还有什么可惊的呢！就像一棵冬天的树，已历经春的萌动，夏的繁茂，秋的斑斓，生命的脉络，已然描摹清晰。别再去问活着的意义，一生的所经所历，便是答案。

这个冬天，我陪朋友逛我们的小城泰山寺。寺庙跟前，我看到一棵苦楝树，撑着一树线条般的枝枝丫丫，斑驳着日影天光。如一尊佛，练达清朗。我们一时仰望无语。且住，且住，这岁月的根深流长。

风会记得一朵花的香

一

没事的时候，我喜欢伏在三楼的阳台上，往下看。

那儿，几间平房，坐西朝东，原先是某家单位做仓库用的。房很旧了，屋顶有几处破败得很，像一件破棉袄，露出里面的絮。“絮”是褐色的木片子，下雨的天，我总担心它会不会漏雨。

房子周围长了五棵紫薇。花开时节，我留意过，一树花白，两树花红，两树花紫。把几间平房，衬得水粉水粉的。常有一只野鹦鹉，在花树间跳来跳去，变换着嗓音唱歌。

房前，码着一堆的砖，不知做什么用的。砖堆上，很少有空落落的时候，上面或晒着鞋，或晾着衣物什么的。最常见的，是两双绒拖鞋，一双蓝，一双红，它们相偎在砖堆上，孵太阳。像夫，与妇。

也真的是一对夫妇住着，男的是一家公司的门卫，女的是街道清洁工。他们早出晚归，从未与我照过面，但我听见过他们的说话声，在夜晚，喁喁的，像虫鸣。我从夜晚的阳台上望下去，望见屋子里的灯光，和在灯光里走动的两个人影。世界美好得让人心里长出水草来。

某天，我突然发现砖堆上空着，不见了蓝的拖鞋红的拖鞋，砖堆一下子变得异常冷清与寂寥。他们外出了，还是生病了？我有些心神不宁。

重“见”他们，是在几天后的午后。我在阳台上晾衣裳，随意往楼下看了看，看到砖堆上，赫然躺着一蓝一红两双绒拖鞋，在太阳下，相偎着，仿佛它们从来不曾离开过。那一刻，我的心里腾出欢喜来：感谢天！他们还都好好地在着。

二

做宫廷桂花糕的老人，天天停在一条路边。他的背后，是一堵废弃的围墙，但这不妨碍桂花糕的香。他跟前的铁皮箱子上，叠放着五六个小蒸笼，什么时候见着，都有袅袅的香雾，在上面缠着绕着，那是蒸熟的桂花糕好闻的味道。

老人瘦小，永远一身藏青的衣，藏青的围裙。雪白的米粉，被他装进一个小小的木器具里，上面点缀桂花三两点，放进蒸笼里，不过眨眼间，一块桂花糕就成了。

停在他那儿，买了几块尝。热乎乎的甜，软乎乎的香，忍不住夸他，你做的桂花糕，真的很好吃。他笑得十分开心，他说，他做桂花糕，已好些年了。

我问，祖上就做么？

他答，祖上就做的。

我提出要跟他学做，他一口答应，好。

于是我笑，他笑，都不当真。却喜欢这样的对话，轻松、愉快，人与人，不疏离。

再路过，我会冲着他的桂花糕摊子笑笑，他有时会看见，有时正忙，看不见。看见了，也只当我是陌生的，回我一个浅浅的笑。——来往顾客太多，他不记得我了。但我知道，我已忘不掉桂花糕的香，许多小城人，也都忘不掉。

现在，每每看到老人在那里，心里便很安然。像小时去亲戚家，拐过一个巷道，望见麻子师傅的烧饼炉，心就开始雀跃，哦，他在呢，他在呢。

麻子师傅的烧饼炉，是当年老街的一个标志。它和老街一起，成为一代人的记忆。

三

卖杂粮饼的女人，每到黄昏时，会把摊子摆到我们学校门口。两块钱的杂粮饼，现在涨到三块了，味道很好，有时我也会去买上一个。

时间久了，我们相熟了。遇到时，会微笑、点头，算作招呼。偶尔，也有简短的对话，她知道我是老师，会问一句，老师，下课了？我答应一声，问她，冷吗？她笑着回我，不冷。

我们的交往，也仅仅限于此。淡淡的，像路边随便相遇到的一段寻常。

我出去开笔会，一走半个多月。回来后，正常上班、下班，没觉得有什么不同。

女人的摊子，还摆在学校门口，上面撑起一个大雨篷，挡风的。学生们还未放学，女人便闲着，双手插在红围裙兜里，在看街景。当看到我时，女人的眼里跳出惊喜来，女人说，老师，好长时间没看到你了。

当下愣住，一个人的存在，到底对谁很重要？这世上，总有一些人记得你，就像风会记得一朵花的香。凡来尘往，莫不如此。

人物

散文精读·丁立梅 >>

爱到无力

母亲踅进厨房有好大一会儿了。

我们兄妹几个一边坐在屋前晒太阳，等着开午饭，一边闲闲地说着话。这是每年的惯例，春节期间，兄妹几个约好了日子，从各自的小家出发，回到母亲身边来拜年。母亲总是高兴地给我们忙这忙那。这个喜欢吃蔬菜，那个喜欢吃鱼，这个爱吃糯米糕，那个好辣，母亲都记着。端上来的菜，投了人人的喜好。临了，母亲还给离家最远的我，备上好多好吃的带上。这个袋子里装青菜菠菜，那个袋子里装年糕肉丸子。姐姐戏称我每次回家，都是鬼子进村，大扫荡了。的确有点像。母亲恨不得把她自己，也塞到袋子里，让我带回城，好事无巨细地把我照顾好。

这次回家，母亲也是高兴的，围在我们身边转半天，看着这个笑，看着那个笑。我们的孩子，一齐叫她外婆，她不知怎么应答才好。摸摸这个的手，抚抚那个的脸。这是多么灿烂热闹的场景啊，它把一切的困厄苦痛，全都掩藏得不见影踪。母亲的笑，便一直挂在脸上，像窗花贴在窗上。母亲突然想起什么似的说："我要到地里挑青菜了。"却因找一把小锹，屋里屋外乱转了一通，最后在窗台边找到它。姐姐说："妈老了。"

妈真的老了吗？我们顺着姐姐的目光，一齐看过去。母亲在阳光下发愣，"我要做什么的？哦，挑青菜呢。"母亲自言自语。背影看起来，真小啊，小得像一枚皱褶的核桃。

厨房里，动静不像往年大，有些静悄悄。母亲在切芋头，切几刀，停一下，仿佛被什么绊住了思绪。她抬头愣愣看着一处，复又低头切起来。我跳进厨房要帮忙，母亲慌了，拦住，连连说："快出去，别弄脏你的衣裳。"我看看身上，银色外套，银色毛领子，的确是不经脏的。

我继续坐到屋前晒太阳。阳光无限好，仿佛还是昔时的模样，温暖，无忧。却又不同了，因为我们都不是昔时的那一个了，一些现实无法回避：祖父卧床不起已好些时日，大小便失禁，床前照料之人，只有母亲。大冬天里，母亲双手浸在冰冷的河水里，给祖父洗弄脏的被褥。姐姐的孩子，好好的突然患了眼疾，视力急剧下降，去医院检查，竟是严重的青光眼。母亲愁得夜不成眠，逢人便问，孩子没了眼睛咋办呢？都快问成祥林嫂了。弟弟婚姻破裂，一个人形只影单地晃来晃去，母亲当着人面落泪不止，她不知道拿她这个儿子怎么办。母亲自己，也是多病多难的，贫血，多眩晕。手有严重的风湿性关节炎，疼痛，指头已伸不直了。家里家外，却少不了她那双手的操劳。

我再进厨房，钟已敲过十二点了。太阳当头照，我的孩子嚷饿，我去看饭熟了没。母亲竟还在切芋头，旁边的篮子里，晾着洗好的青菜。锅灶却是冷的。母亲昔日的利落，已消失殆尽。看到我，她恍然惊醒过来，异常歉意地说："乖乖，饿了吧？饭就快好了。"这一说，差点把我的泪说出来。我说："妈，还是我来吧。"我麻利地清洗锅盆，炒菜烧汤煮饭，母亲在一边看着，没再阻拦。

回城的时候，我第一次没大包小包地往回带东西，连一片菜叶子也没带。母亲内疚得无以复加，她的脸，贴着我的车窗，反反复复地说："乖乖，让你空着手啊，让你空着手啊。"我背过脸去，我说："妈，城里什么都有的。"我怕我的泪，会抑制不住掉下来。以前我总以为，青山青，绿水长，我的母亲，永远是母亲，永远有着饱满的爱，供我们吮吸。而事实上，不是这样的，母亲犹如一棵老了的树，在不知不觉中，它掉叶了，它光秃秃了，连轻如羽毛的阳光，它也扛不住了。

我的母亲，终于爱到无力。

母亲的心

那不过是一堆自家晒的霉干菜、自家风干的香肠，还有地里长的花生和蚕豆、晒干的萝卜丝和红薯片……

她努力把这东西搬放到邮局柜台上，一边小心翼翼地询问，寄这些到国外，要几天才能收到？

这是六月天，外面太阳炎炎，听得见暑气在风中“滋滋”开拆的声音。她赶了不少路，额上的皱纹里，渗着密密的汗珠，皮肤黝黑里泛出一层红来。像新翻开的泥土，质朴着。

这天，到邮局办事的人，特别多。寄快件的，寄包裹的，寄挂号的，一片繁忙。她的问话，很快被淹在一片嘈杂里。她并不气馁，过一会儿便小心地问上一句，寄这些到国外，要多少天才收到？

当她得知最快的是航空邮寄，三五天就能收到，但邮寄费用贵。她站着想了会儿，而后决定，航空邮寄。有好心的人，看看她寄的东西，说，你划不来的，你寄的这些东西，不值钱，你的邮费，能买好几大堆这样的东西呢。

她冲说话的人笑，说，我儿在国外，想吃呢。

却被告之，花生、蚕豆之类的，不可以国际邮寄。她当即愣在那儿，手足无措。她先是请求邮局的工作人员通融一下，就寄这一回，她说。邮局的工作人员跟她解释，不是我们不通融啊，是有规定啊，国际包裹中，这些属违禁品。

她“哦”了声，一下子没了主张，站在那儿，眼望着她那堆土产品出神，低声喃喃，我儿喜欢吃呢，这可怎么办？

有人建议她，给他寄钱去，让他买别的东西吃。又或者，你儿那边有花生蚕豆卖也说不定。

她笑笑，摇头。突然想起什么来，问邮局的工作人员，花生糖可以寄吗？里边答，这个倒可以，只要包装好了。她兴奋起来，那么，五香蚕豆也可以寄了？我会包装得好好的，不会坏掉的。里边的人显然没碰到过寄五香蚕豆的，他们想一想，模糊着答，真空包装的，应该可以罢。

这样的答复，很是鼓舞她，她连声说谢谢，仿佛别人帮了她很大的忙。她把摊在柜台上的东西，一一收拾好，重新装到蛇皮袋里，背在肩上。她有些歉疚地冲柜台里的人点头，麻烦你们了，我今天不寄了，等我回家做好花生糖和五香蚕豆，明天再来寄。

她走了，笑着。烈日照在她身上，蛇皮袋扛在她肩上。大街上，人来人往，没有人会留意到，那儿，正走着一个普通的母亲，她用肩扛着，一颗做母亲的心。

等你回家

陪一个父亲，去八百里外的戒毒所，探视他在那里戒毒的儿子。

戒毒所坐落在荒郊野外。我们的车，在乡间土路上颠簸着。路边，野葵和蒲公英开得兴兴的。一些鸟，在草地间飞起，又落下。天空蓝得很高远。做父亲的心，却低落得如一棵衰败的草，他恨恨地说：真不想来啊。

一路上，他不停地痛骂着儿子，列数儿子的种种不是，说他毁了一个家，毁了他。他含辛茹苦养大他，为他在城里买了房，买了车，帮他娶了媳妇。那个不肖子，却被一帮狐朋狗友拖下水，去吸食毒品。房子吸没了，车子吸没了，媳妇吸跑了，他一辈子积攒的家业，几乎被他掏空了。

我真想跟他同归于尽！这个父亲，说到激愤处，双眼通红地睁着，抛出这样一句狠话来。若儿子在跟前，他是要把他撕成碎片才甘心的。

我坐在一边，听他痛骂，隐隐担着心，这样的父亲，去见儿子，会有怎样的结果？

车子静静地，一路向前。野葵和蒲公英，一路跟着。也终于，远远望见了几幢房，青砖青瓦，连在一起，坐落在一块开阔地。开车的师傅说：到了。做父亲的像突然被谁猛击了一掌似的，愣愣地，不相信地问：真的到了？一看表，快上午十点了。他急了，说：也不知能不能见着。因为按这家戒毒所的规定，上午十点之后，一律不允许探视。

他一口气跑到大门口。还好，还有十五分钟的时间。办完相关手续，这个父亲一秒也不曾停留，急急火火往探视室跑。很快，他儿子被管教干部带进来。高高壮壮的年轻人，脸上也无欢喜也无悲。他看到父亲，嘴角稍稍牵了牵，像嘲讽。一层玻璃隔着，他在里头，父亲在外头。做父亲的盯着他，从他进来起，就一直盯着他，话筒拿在手上，却不说话。

旁边，亦有来探视的人。一个长相甜美的女孩子，在玻璃窗外头，不停地用手指头在举起的另一掌上画着什么。在里头看着的，是个清秀的男孩子。他眼睛跟着女孩的手指转动，频频点头，含着泪笑。他是读懂她爱的密码的，从此，都改了吧。还有几个人，男男女女，大概是一家子，围在一起，争着跟里面一个中年人说话。里面的中年人，憔悴着一张脸，却一直笑着，一直笑着。这时，他们中的一个，突然到探视室外面，叫了一个男孩进来。孩子不过十一二岁，白净的面容，文文弱弱的。孩子怯怯地打量了四周一眼，走到中年人那里，拿过话筒，隔着玻璃窗，才说了一句什么，里面笑着的中年人，不笑了，他愣愣地看着孩子，眼泪下来了。

哭什么呢？你会改好的！我听到那些人里的一个大声说。

探视的时间快要过去了，管教干部已进来提醒。一直跟儿子对峙着的父亲，这时掉过头来。我发现他与刚才的强悍，判若两人，竟是一脸的戚容。他低声说：里面的日子，不好过的，看他，也黑了，也瘦了。

他转身问我：你有纸笔吗？

当然有。我掏出来给他，正疑惑着他要做什么，只见他低头在纸上迅速写下几个字，贴到玻璃窗上，给儿子看。里面的年轻人，看着看着，神情变了，两行泪，缓缓地，从腮边滚落下来。

探视结束后，我看到这个父亲在纸上留下的字，那几个字是：儿子，等你回家。

最美的语言

回了趟老家。

这次回老家，我没像往常一样，预先给我爸我妈发布通知。我爸我妈毫无准备，他们真实的日常，便真实地袒露在我跟前。

上午十点钟的光景。村庄安静得像一座空城，轻微的风吹，也能听得见回响。地里的麦子熟了，有些已收割，有些还没收割。大地缄默不语。

有小白狗不识我，远远冲我吠，扯着喉咙跳上跳下，兴奋得不得了。村庄里来的陌生人也少，它一定当我是陌生人了。我苦笑，我何尝不是一个陌生人？

爸妈没有应声走出来。家门半掩着，门前的场地上，晾晒着麦子。场地边上，是我前年种下的花，两三年的工夫，它们已蔓延成一大片了。是些大丽花、波斯菊，还有小野菊，它们正颜色绚烂，热情高涨地开着。花丛中没见到一根杂草，说明我妈肯定给它们除过草了。我关照过她的，一定要养好我的花。我妈记着了。

打我爸电话。我爸正在村部卫生所输液，他身体有炎症，又查出身体内长了个肌瘤。

村部挪了地方。我向一个人打听怎么走，那人很热心地把我送出好远。

村部大院子里没见到一个人。卫生所的一间屋子里，人却满满的，都是些老人，都在输液，我爸在其中。看见我，他很激动，别的老人都没有儿女去看望的，只他有。他一个劲地傻笑，嘴里重复地说的只有一句，乖乖呀，乖乖呀。儿女是他最好的药，能止他一时的痛，让他忘了疾病。

妈原来在家，在蚕房里忙着。妈很像一片草叶子了，缩在哪个角落里，很容易被人遗忘掉。我责怪妈，不是让你不要再养蚕的么！

妈很委屈，她说，我家的桑叶长得那么好，那么好。妈的逻辑是，既然长得那么好，不养蚕就对不起桑叶了。妈又喃喃，家里的活计我不做，谁做？你爸又不能做。他得了这个倒霉的病，总是尿裤子，一天到晚我要帮他洗十几条裤子。

爸听见妈的话，很抱歉地笑，沮丧地跟我说，我有时都觉得没活头了。

我安慰他，爸，咱活着一天就赚了一天。你虽有病，可比起那些中风躺在床上不能动的人，不是好很多了吗？

爸点点头，说，是啊，我还能吃还能睡，还能走还能动的。

咱有病就治病，积极地去应对，万事不要怕，有我呢，我会帮你安排得好好的。我继续宽慰我爸，并塞给他一些钱。

妈这时跑过来告状，说上次爸说带她上街玩，结果去逛了一天，什么也没舍得买，吃饭是买的盒饭，就蹲在冷风口吃下去了。妈本是笑着说的，说着说着，就抹起眼泪。妈的眼泪，近年来特别多。

爸只好干笑，说，你这人，你这人，也是你同意买盒饭的，那天我们不也吃得挺饱吗？

我实在不知说他们什么才好。想到风里头，两个老人蹲在一起吃盒饭，我鼻子就发酸。

爸手头也不是没有钱。我姐说，他存着好几万呢。但爸一辈子穷怕了，节俭得近乎吝啬，近乎抠。爸有他的理由，万一呢，万一出个什么事要用钱呢，到时没钱，那不是让子女受累了？

爸是在为他和我妈的后事做准备，我心里明白，我只不说，假装天还长着，地还久着，岁月还未老。

我拉他们一起站在门前的花旁拍照，我妈为此特地换了身新衣裳，笑得像个小女生。我爸也很认真地把翘起来的衣角理平，又换一顶新帽子戴头上。我一手搂一个，叫一声爸，再叫一声妈。这世上最美的语言，我怕是叫一声少一声了。但眼下我还能叫着，我很感激了。

老学生

四十五年前，他新婚。乡下草棚两间，傍河而搭。屋旁一棵刺槐树，粗壮高大。那是祖上留给他的财产，伴过好几代人了。

他在树下置石桌石凳。人多时凳子不够，就拿几张苇席摊地上，孩子们席地而坐。

那时，他家里的人真是多。大锅煮粥，满满一大锅，一圈下来，就见底了。新婚的妻子手忙脚乱，刷锅烧火，再重新煮上一大锅。

课余，他挖空心思，尽想着怎么弄到吃的。门口的自留地里，都种上了蔬菜。巴掌大一点地方，也舍不得浪费。青菜都长到屋檐下、门槛前了。他后来还发明，在屋顶上种菜。一把种子撒上去，过几日，那茅屋顶上，居然也是嫩绿一片。青菜也可顶粮食，好度饥荒。

其时，他三十出头，任代课教师。乡下贫穷，十二三岁的孩子，是要当劳力帮家里干活的，哪里有闲工夫上学？再说，也没那个闲钱。他一家一家去游说，说到最后，他拍胸脯保证，不要学费，一日三餐他包了。

冲着那口吃的，不少孩子奔了去，跟着他识字念书。一到饭点，浩荡着去他家吃饭。这么吃着，再大的家业也抵不住啊，何况，他也不富裕。他变卖了家里能变卖的东西，最后，连父亲留给他的一块珍贵的怀表，也给卖了。

好在乡下人实诚，看着他那么撑着，心里感动，偷偷相帮。早上开门，他常在家门口发现一袋子山芋，或者一篮子蔬菜。有时，甚至还会有小半袋子的大米。

一个叫永的男孩子，长得精瘦，体弱，记忆力却惊人，又好学。他诵过一两遍的东西，这孩子就能一字不差地给吟诵出来。他偏爱这孩子，给他开小灶，熬大米粥喝。那会儿，他的妻子正有孕在身，这对他来说，不容易。三十大几的人，终于能抱上孩子了。家里特地养了两只生蛋的鸡，本是要给妻子加点儿营养的，可最后，鸡蛋却多半进了永的肚子。

我是在四十五年后遇见他的。彼时，一二十个老学生，正把更老的他，簇拥在中间。他们在隆重聚会。当一个老学生，扛着一袋子东北大米到达时，聚会被推向高潮。

扛大米的老学生自我介绍，老师，我是永啊。他打量老学生半天，“哦”一声，是你啊，都长变样了，变得这么壮实。

四十五年前，他只是出于本心，害怕知识被荒废，害怕那些乡下孩子被荒废。过后，也没大记心上。可在老学生那里，却一直难以忘怀他的好。恢复高考制度后，这些老学生，是第一批考上大学的。永是其中的佼佼者，名校毕业后，经过一番打拼，现在已拥有一家几千人的大公司。

一年前，永得知这次聚会，立即放下手头繁杂事务，跑去乡下，辟了一块地，留着种水稻。从下种子，到插秧，到灌溉，到除草，都是他亲自上。他说，一定要给老师送上一袋子他亲手种的大米。

老学生们激动地叫嚷，今天沾老师的光，我们就吃这新大米煮的饭。

饭很快煮出来，粒粒圆润透亮，似白珍珠。他吃了满满一大碗米饭，笑着说，这是他吃过的最好吃的大米饭。他笑着笑着，眼睛湿了。

桃花红

我家为什么不长桃树呢？这个简单的问题，几乎困扰了我的整个童年。

家前屋后，地方宽敞得很，栽一两棵桃树，完全是游刃有余的事，却偏偏没有。问过我爸，我爸说，那时，饭都不得到嘴了，哪有那闲心情栽桃树。

说的也是。穷家里，整日里为温饱奔波，桃犹如仙盘中的神物，是沾不了人间烟火，当不了饭吃的。

却有人家长着桃树的。院前，或是屋后。最惹眼的是春暖花开时，一树的桃花，红粉艳丽，像仙女舞霓裳。衬得树下走着的人，如在画中走着。寻常茅舍，也全变成画里的了。村庄安稳，世事静好。所谓人间仙境婉转清扬，莫不是那样的了，有艳阳照着，有桃花开着，有人在走着。

桃树挂果时，逗引得我们小孩子肚子里的馋虫，不舍昼夜地爬着。我们日日仰头望向那棵桃树，粒粒青果，在我们的仰望中，渐渐长大了，饱满了，欢实了。但到底是人家的树，再怎么望，也只能是望梅止渴。

我姐领着我偷过一两回桃。那种惊险，是不消说的，惹得狗叫人追的。好不容易偷摘到一只，我姐和我，一人一口，分着吃了。那是我吃过的最甜的桃。此后的数年间，我吃过无数的桃，有人曾带给我无锡惠山的水蜜桃，整箱的，却都不及我小时吃过的那只桃甜。

我和我姐坐在田埂上，桃子的汁液，仍留在唇齿间，甜甜蜜蜜的。晚霞布满了村庄上空，鸟雀喧闹着从头顶上飞过，我姐望着西边天说，长大了，她要嫁给长桃树的人家。

我深以为然，拼命点头，跟着她后面向往。

黑辫子家也长有一棵桃树的。

就让我叫她黑辫子吧，我是不知道她的名字的。

吾村下设八个生产队，各生产队之间，往来不多，虽是同村，见面未必相识。我家在四队，黑辫子家在二队，且她比我大很多，不是同代人。

我上村小学，是要从黑辫子家门前经过的。那里两排房子，一家挨着一家，一律的茅舍，鸡犬相安无事。一条小路，东西横亘，小蛇一样的，从两排房子中间穿过。路旁杂草野花随意生长，有的都跑到路上来了。也长树，槐树或是苦楝树，全无规则地长着。上学的路上，我从不寂寞，踩着花的影子草的影子树的影子，一家一家看过去。

黑辫子是什么时候吸引我注意的，我记不清了。记忆里，是那样水粉艳阳的天，她家门口的桃花，开得轻舞飞扬，云蒸霞蔚。我从那里走过，看着一树的花，很是惊异。美有时是让人惊慌的。怎么可以，怎么可以那样！我虽是小孩，被这样的美突然撞了一下，也是吃惊得很的。

然后，我就看到了黑辫子。我从那里走过无数次，却是头一回看到她。她的人，比桃花更令我惊异。她个子高高的，穿一件红格子外套，脸庞圆润，眼神清亮。应该新洗过头发吧，她长长的黑发如瀑，披散着，手里抓把木梳子，站到一树的桃花下，开始梳头发，一边梳，一边扭头和屋内的人说话。她整个的人，仿佛罩着水粉，是柔风吹皱春水，叫人生生地陷进去，只管傻傻地看着，不知道怎么办才好。

她很快辫好长发，一条粗黑的长辫子搁在胸前，花影飘拂，她好比是万千朵花镶成的一个人。她发现了呆站在那里的我，冲我笑了一下，进屋去了。一地的红粉艳阳，也被她带进屋子里去了。

我变得爱走那条小路，每天四趟。

走到黑辫子家门口时，我总慢慢磨蹭着，对着黑辫子家东张西望，是想看到黑辫子的。黑辫子有时在家，有时不在。我看见过她妈妈，很矮小的一个妇人，上了年纪，我该叫奶奶。她哥哥长得矮壮，跟她完全是两个样子。她嫂子瘦瘦的，高颧骨，面相看上去有些凶。她哥哥有两个小孩，一个女孩，一个男孩，女孩比我略小些，男孩跟我姐差不多大。男孩有次可能犯了什么错，被她哥哥捉住打，哇哇乱叫着。

黑辫子在家时，我偶尔还会见到她梳长头发，站在门口的桃树下。长头发被她编成一条粗黑的长辫子，搁在胸前，或垂在脑后。她的人，是比桃花还艳的。也见她蹲在门口洗衣裳，袖子挽得高高的，露出小麦色的肌肤。我还见她担水归来，两只水桶，在她的身前身后晃晃悠悠，她不像是在挑水，像是在跳舞。我还听见过她教小女孩唱歌，坐在桃树下，一句一句，声音温柔清甜。她还陪小女孩在家门口跳绳玩，笑声金豆子似的，坠落一地。

我羡慕过那个小女孩，她可以天天跟黑辫子在一起。我心里生出愿望，我长大了，要长成黑辫子的样子，梳黑黑的长辫子。把袖子挽得高高的，洗衣裳。我也唱歌，也挑水，让水桶在我的扁担上晃晃悠悠。

我还要栽一棵桃树，让它开一树艳粉的花。

那日放学，我照例走过黑辫子家门口。

远远看到一堆人聚在那儿，乱哄哄的，气氛怪异。还有人在不断地往这边跑，边跑边搭着话："什么时候的事？"

"也就刚刚。"

"怎么知道的？"

“她妈妈去地里挑羊草回来，发现家里的门被从里面反锁了。”

“唉。”问的人叹息。

“唉。”答的人叹息。

我从人缝里挤进去，眼前暗暗沉沉，天光被遮住了似的，一条粗黑的长辫子，却那么显目，从门板上垂下来。门板上躺着的，竟是黑辫子，她紧闭着双眼，一动不动，任周围人声鼎沸。村里的赤脚医生也在，他把粗粗的针头，扎进黑辫子的胳膊里。

关于黑辫子上吊自杀的事，很快在村子里风传开来。说她看上了一个青年，两个人私下里要好，她嫂子却硬把她许配给一个做木匠的瘸子，并且收了木匠家的彩礼钱，给自己娘家的兄弟娶老婆。黑辫子不同意，早上起来，跟她嫂子大吵了一架，一时想不开，就上吊了。

她那个高颧骨的嫂子，大概听到村里人的风言风语了，叉着腰，在家门口跳着脚骂：“哪个瞎嚼舌头的在嚼舌头？不得好死！”

那个时候，她家门前的桃花谢得差不多了，一地残红。春已走到尾声了。

黑辫子被救活了。

被救活了的黑辫子，却失掉往日的灵气，变得痴痴呆呆。

我上学，还从她家门口过，每日四趟。也总会看到她，站在门口的桃树下。她不再拿着木梳子梳头发，把长发辫成一条粗黑的长辫子，而是呆呆望着一处虚无，傻傻地笑。有时，她会跑到路口来，拍着手跳着唱，东方红，太阳升。

她粗黑的长辫子很快被铰掉了。

她的衣裳，变得又破又脏。

她趿着一双破布鞋，追着人跑，首如飞蓬。

大人们开始叮嘱家里的小孩，不要从二队那个疯子家门口走，疯子是要打人的。我也被大人们这样反复叮嘱。

我很听话，虽有千般好奇万般不舍，再去上学，却也绕路而走。

年年的桃花仍如约而开，还是那般红粉明艳，婉转清扬。一个村庄，被三五棵桃花点缀着，像荡在云霞中。

黑白世界里的纯情时光

这是几十年前的旧事了。

那个时候，他二十六七岁，是老街上唯一一家电影院的放映员。也送电影下乡，一辆破旧的自行车，载着放映的全部家当——放映机、喇叭、白幕布、胶片。当他的身影离村庄还隔着老远，眼尖的孩子率先看见了，他们一路欢叫："放电影的来喽——放电影的来喽——"是的，他们称他，放电影的。原先安静如水的村庄，像谁在池心里投了一把石子，一下子水花四溅。很快，他的周围围满了人，男的，女的，老的，少的。一张张脸上，都蓄着笑，满满地朝向他。仿佛他会变魔术，哪里的口袋一经打开，他们的幸福和快乐，全都跑出来了。

她也是盼他来的。村庄偏僻，土地贫瘠。四季的风瘦瘦的，甚至连黄昏，也是瘦瘦的。有什么可盼可等的呢？一场黑白电影，无疑是心头最充盈的欢乐。那个时候，她二十一二岁，村里的一枝花。媒人不停地在她家门前穿梭，却没有她看上的人。

直到遇见他。他干净明亮的脸，与乡下那些黝黑的人，是多么不同。他还有好听的嗓音，如溪水叮咚。白幕布升起来，他对着喇叭调试音响，四野里回荡着他亲切的声音："观众朋友们，今晚放映故事片《地道战》。"黄昏的金粉，把他的声音染得金光灿烂。她把那声音裹裹好，放在心的深深处。

星光下，黑压压的人群。屏幕上，黑白的人，黑白的景，随着南来北往的风，晃动着。片子翻来覆去就那几部，可村人们看不厌，这个村看了，还要跟到别村去看。一部片子，往往会看上十来遍，看得每句台词都会背了，还意犹未尽地围住他问："什么时候再来呀？"

她也到处跟他后面去看电影，从这个村，到那个村。几十里的坑洼小路走下来，不觉苦。一天夜深，电影散场了，月光如练，她等在月光下。人群渐渐散去，她听见自己的心，敲起了小鼓。终于等来他，他好奇地问："电影结束了，你怎么还不回家？"她什么话也不说，塞他一双绣花鞋垫。鞋垫上有双开并蒂莲，是她一针一线，就着白月光绣的。她转身跑开，听到他在身后追着问："哎，你哪个村的？叫什么名字？"她回头，速速地答："榆树村的，我叫菊香。"

第二天，榆树村的孩子，意外地发现他到了村口。他们欢呼雀跃着一路奔去："放电影的又来喽！放电影的又来喽！"她正在地里割猪草，听到孩子们的欢呼，整个人过了电似的，呆掉了，只管站着傻傻地笑。他找个借口，让村人领着来找她。田间地头边，他轻轻唤她："菊香。"掏出一方新买的手绢，塞给她。她咬着嘴唇笑，轻轻叫他："卫华。"那是她捂在胸口的名字。其时，满田的油菜花，噼里啪啦开着，如同他们一颗爱的心。整个世界，流金溢彩。

他们偷偷约会过几次。他问她："为什么喜欢我呢？"她低头浅笑："我喜欢看你放的电影。"他执了她的手，热切地说："那我放一辈子的电影给你看。"这便是承诺了。她的幸福，像撒落的满天星斗，颗颗都是璀璨。

他被卷入一场政治运动中，是一些天后的事。他的外公在国外。那个年代，只要一沾上国外，命运就要被改写。因外公的牵连，他丢了工作，被押送到一家劳改农场去。他与她，音信隔绝。

她等不来他。到乡下放电影的，已换了他人，是一满脸络腮胡子的中年男人。她好不容易找到机会，拖住那人问，他呢？那人严肃地告诉她，他犯事了，最好离他远点儿。她不信，那么干净明亮的一个人，怎么会犯事呢？她跑去找他，跋涉数百里，也没能见上一面。这个时候，说媒的又上门来，对方是邻村书记的儿子。父母欢喜得很，以为高攀了，赶紧张罗着给她订婚。过些日子，又张罗着结婚，强逼她嫁过去。

新婚前夜，她用一根绳子拴住脖子，被人发现时，胸口只剩一口余气。她的世界，从此一片混沌。她的灵动不再，整天蓬头垢面地，站在村口拍手唱歌。村里的孩子，和着声一齐叫：“呆子！呆子！”她不知道恼，反而笑嘻嘻地看着那些孩子，跟着他们一起叫：“呆子！呆子！”一派天真。

几年后，他被释放出来，回来找她。村口遇见，她的样子，让他泪落。他唤：“菊香。”她傻笑地望着他，继续拍手唱她的歌。她已不认识他了。

他提出要带她走。她的家人满口答应，他们早已厌倦了她。走时，以为她会哭闹的，却没有，她很听话地任他牵着手，离开了生她养她的村庄。

他守着她，再没离开过。她在日子里渐渐白胖，虽还混沌着，但眉梢间，却多了安稳与安详。又几年，电影院改制，他作为老职工，可以争取到一些补贴。但那些补贴他没要，提出的唯一要求是，放映机归他。谁会稀罕那台老掉牙的放映机呢？他如愿以偿。

他搬回放映机，找回一些老片子，天天放给她看。家里的白水泥墙上，晃动着黑白的人，黑白的景。她安静地看着，眼光渐渐变得柔和。一天，她看着看着，突然喃喃一声：“卫华。”他听到了，喜极而泣。这么多年，他等的，就是她一句唤。如当初相遇在田间地头上，她咬着嘴唇笑，轻轻叫：“卫华。”一旁的油菜花，开得噼里啪啦，满世界的流金溢彩。

夏之殇

我是顶喜欢过夏天的。

夏天可以像条鱼似的，尽情地泡在水里面。吾村的孩子，十个有九个都是泡在水里面长大的。一整个夏天，凡是有水的地方，都有孩子的欢声笑语在回荡，扎猛子，蛙游，仰泳，狗刨，各种水中动作，都是无师自通。

当然，也不单纯是玩，穷家里的孩子，早会替家庭算计了。人人手里捧一只面盆，或脚盆，捉鱼捉虾，摸河蚌，摸蚬子和蜗螺。清瘦的餐桌上，变得富饶起来，能摆上咸菜蒸小鱼，河蚌烧豆腐，韭菜炒蚬子，或是韭菜炒蜗螺。

我爷爷如果兴致上来了，还会把我和我姐摸回家的蜗螺，拿老虎钳子一只一只夹去尾尖，洗净。我奶奶放上油盐、葱花、辣椒、红糖和醋，大火烹炒。我们一只一只吮吸，佐料的香，和着螺肉的香，全进了嘴里。那美味，打嘴不丢。

家常的日子，喷着香了，叫人欢愉。

我们玩水，偶尔也会被大人禁止，很强烈地禁止。那是村里某个小孩，又被水吞了。

每年夏天都会发生这样的事。就像冬天总有几幢草房子要被烧掉一样，这是无可避免的，没有人有异议。冬天里，也总是半夜起火，火光映红了半边天，有声音在惊叫：救火啦！救火啦！就听得纷乱的脚步声，如万马奔腾，家家都拿盆拿桶，赶着去救火。往往火被扑灭了时，房子也烧得差不多了，什么都烧光了，那家人变得一无所有。

大人们顶着一头一身的灰回来，火钳子摆在家门口，是要跨一跨的，去去霉气。这个夜里，觉是不大睡得成的了，大人们在商量，拿什么去捐赠。全村开始捐物捐钱，一家不落。没有人抱怨，家家都倾其所有去相帮。用不了多久，一幢崭新的房，会在那家的原址上盖起来。家里一应用品，也都是新的。那家人身上的衣帽鞋袜，也都是新的，走进走出，都是崭新的一个人了。原谅我，我那时小小的心里，竟是特羡慕这样的大火一场。我不止一次盼望过，我家也来这样一场大火，那么，我们就可以盖幢新房子了。然我奶奶做饭时特别小心，每次都把灶膛口清扫得干干净净，且用水浇湿。纵有火星子不小心落下来，也成不了气候的。我的愿望，便一再落着空。

冬天的火灾，简直没有一丝悲切，复反有着喜悦的意思，人人看上去，都很义气善良。夏天的溺水事件，却是疼痛着的，那家爹娘呼天抢地的哭嚎声，在很长时间里，都不会消失。有时半夜睡醒，还听到那家母亲，在呜呜啼哭，叫人听着毛骨悚然。大人们在唏嘘叹息的同时，警告我们兄妹，不许再到河里去！我们也只是小小诧异一下，那溺死的孩子，是二队的，或六队的，我们多半不熟悉，也就隔着距离，无关疼痛。没有人恨水。谁会去恨水呢？水多亲啊，一应的吃喝洗涮，都离不了它。我们嫌热了，想去水里泡着，照旧去，大人们也很快就忘了他们的担心和警告。

我们四队，大大小小一帮孩子里，数大碗水性最好。他能从岸边一棵杨柳上，直接跳到水里去，激起的水花，有船篙子那么高。他也顶会扎猛子，一个猛子下去，能从红旗河南岸，蹿到红旗河北岸去。他在水里还能玩出别的花样，比方说，在水面上打滚。他能连续在水面上翻滚十几下，把满河的水，当地毯玩儿。

我奶奶说，大碗这伢儿，前世怕是条鱼。我信以为真。因为大碗确实顶能捉鱼，他一个猛子下去，再上来，手里准捉条大鱼。鱼在他手里扭着身子，鱼肚子泛着银白的光。

大碗的家，在红旗河南岸住。我家搬去南岸，跟他家成了邻居。

大碗有哥有姐，还有两个妹妹，在家排行老三。他哥他姐，都长得跟他父亲冯新民一样，瘦长脸，倒三角眼。两个妹妹，则长得像他母亲，脸庞子小小的，个子也小小的。唯大碗，跟家里人一个都不像，他的脸宽，上卧两道剑眉，有英武之气。听村里人私下议论，说大碗不是冯新民生的，是他妈跟队长生的。

我们留心细看，果真看出大碗和队长的相像来，同样的宽脸，同样的两道剑眉。

村子里也总有这样的事情发生，这家的孩子像了那家的人，众人也只私下说笑，没人去深究。也时常听闻，这家的女人，跟了那家的男人在野地里，被谁谁谁撞见。也就突然听到鞭炮声，从村子的哪一角响起来，大白天的。众人听见，都笑了，说是谁在给谁挂红呢。

挂红——我以为是这样写。是撞见了不该撞见的事，很晦气的。偷情的男女，要给撞见他们的那人，买上一挂鞭炮放，轰去晦气。还得在那家人的门上，挂上红布带子。吾乡人的风俗里，红是最能镇住邪气的。刚出生的小孩新穿的衫，必是红的。出了水痘的小孩，必戴一顶红洋布做的小帽子。三月三，有女儿的人家，必在树上系红带子。新嫁娘出嫁时，必穿红棉袄。过年必贴红喜钱红对联。新屋上梁，必在梁上挂红绿布。即便过年时蒸的馒头年糕上，也要用专门的红颜料，在上面点上一朵红。

冯新民许是听信了传闻，对待大碗就格外严厉，大碗常常被他打得哇哇乱叫。大碗本身又极调皮，上树下河，翻墙钻窗，无所不做，挨打也就成了家常便饭。起初听到他鬼哭狼嚎的，还有人上门去拉劝。后来次数多了，也就没人上门了，大家都习以为常了。

挨打后的大碗，跟没事人似的，脸上的泪痕尚在，却已嬉笑如常。他也还是调皮，上树下河，翻墙钻窗，无所不做。

我上小学，比我大一岁的大碗，做了留级生，和我成了同学。他在班上个头最高，坐在教室最后排，三天两头打架，常被老师罚站墙角。课后，有同学羞他，留级宝，留级宝。他急了，跟后面追打，免不了又挨老师的罚。

因是邻里关系，他对我倒是客气的，从不曾打过我，也不曾损坏过我的书本。只有一次，他拿了我的橡皮去，我追要，他绕着课桌跑，一直跑到教室外头去。他后来对我嬉笑着摊开双手，说："橡皮没了，掉河里去了。"

学校门口是条叫三中沟的小河，他把我的橡皮扔到三中沟里去了。那一天，我应该哭了的，一块橡皮对我来说，是很重要的。那时，橡皮分臭橡皮和香橡皮两种。臭橡皮其实不臭，只是样子很普通，乳白色，闻起来有股单纯的橡胶味。价钱便宜一些，一分钱一块，或是两分钱一块。香橡皮就高档多了，色彩上很艳丽，有红色的，有蓝色的，有绿色的，有黄色的。形状也好看，有草莓样子的，有心形的，有兔子形状的，有小狗形状的。闻起来香香的，有水果的味道，像水蜜桃。又像我妈搽的百雀羚。要一毛钱一块，甚至两毛钱一块。

我的那块橡皮，是块香橡皮，红色的草莓样的，是我从我姐手里讨要过来的。

因这块香橡皮，我与大碗结下梁子。回家去，到他家告了一状。大碗自然又被冯新民狠揍一顿，鬼哭狼嚎的。我头一回觉得，他是罪有应得。

小学门口常有挑货郎担的来。

挑货郎担的都是上了年纪的老头，拨浪鼓拨得嘭嘭嘭，撩拨得我们的心痒痒的，坐不住的，一下课就飞奔过去，围着货郎担，看上面的东西。五颜六色的玻璃球。女孩子扎头用的彩色皮筋。漂亮小巧的发夹。色彩艳丽的香橡皮。红白相间的糖粒。还有，像大饼一样躺着的麦芽糖。有零花钱的小孩少，但可以用东西交换，比如，废塑料纸、破胶鞋底、牙膏壳子等等的，这些，老头儿都要。他扁担的一头，担着一只麻袋，里面装这些荒货。

大碗每次都能神奇地变出一些东西来，像破胶鞋底啦，牙膏壳子啦，有时，还会有小铁块之类的东西，也不知他从哪儿弄来的。他能换到玻璃球和麦芽糖，他托着麦芽糖，很神气地在校园里走，后面跟着一群小喽啰。他也大方，这个分一块，那个分一块，手里的麦芽糖很快没了。有同学向老师检举，说大碗偷翻了隔壁人家的院墙，拿了人家的胶鞋底。老师当作大事件，找大碗去办公室。但大碗抵死不承认，说那是他捡的。这没有证据的事，最终不了了之。

也真的看见大碗捡荒货。放学的路上，他手上拿一根长长的竹签子，在沟沟渠渠里走，一些废纸或破塑料纸，都逃不过他的眼睛，统统串到他的竹签子上去了。这方法我想过要学，但最终没有学。我那时更喜欢甩着袖子玩，踢毽子，跳格子，跳绳，真是忙得很的。货郎担来了，我也只是蹲着，看看上面的东西，后悔着没能捡点荒货。我很想拥有一根彩色的皮筋，也很想吃吃那红白相间的糖粒，但也只能想想而已。大碗有次却出我意料的，换了几粒红白相间的糖给我，还换了一块香橡皮给我。他说："还你的。"

我们和好了。他借我作业抄，我亦给他抄了。为了那几粒糖，我还帮他写过作业。

这年夏天，我们依然整天泡在水里，摸河蚌，摸蚬子，摸蜗螺。家里清瘦的餐桌上，又变得丰富了，可以吃到河蚌炖豆腐、韭菜炒蚬子或韭菜炒蜗螺了。

大碗的水性仍是好，他也还喜欢爬到岸边的杨柳树上去，纵身一跃，激起水花有船篙子那么高。他也还是顶能捉鱼，一个猛子下去，绝不空手。左右邻居常吃到他捉的鱼。他也给我家送过，一条足有三四斤重的白鲢，我奶奶剁下鱼头炖了汤，鱼段子红烧了吃。

我真想大碗天天给我家送鱼。

发现大碗被水吞了，是在一场雷雨后。

夏天的雷雨是说来就来的。刚刚的阳光还犀利逼人，转瞬间，乌云就堆满天空，雨跟着哗啦啦倒下来了，一点回旋的余地也没有。门口场上晒的柴草来不及收了。衣绳上晾的衣裳来不及收了。匾子里晒的玉米蚕豆来不及收了。我奶奶迈着细碎的小脚，居然也能疾步如飞起来，她一边跑一边大声唤我们，快把草收了。快把衣裳收了。快把玉米蚕豆收了。鸡也慌张地跑向鸡窝。狗也慌张地跑到屋檐下来。我们都慌张地跑着，雷声雨声真叫人慌乱。

雨停了，屋后红旗河的水，都快涨到岸边上来了。到处湿漉漉的，树木花草，都在大雨里沐浴过一场，绿的变得更绿了，红的变得更红了，天地间散发出一种说不出的甜蜜气息。暑热被大雨浇灌得退避三舍，空气清凉湿润，吸进嘴里，都是清冽的。有人拿了渔网，去屋后河里拦鱼。每次大雨后，鱼都聚到一起，这时用网拦鱼，一网都能收好多鱼上来。那人刚把网下到河里，一抬头，发现水面上浮着一具尸体，他失声高叫起来。河边很快聚满了人，大家七手八脚下河打捞。

是大碗。

那么大的雨，大碗怎么就下了河？

大碗那么好的水性，又怎么会淹死了？

没有人能解答这样的疑问。后来一人说："大碗身上都是青的紫的，肯定是被鬼缠上了。"众人也都认可这种说法。大碗的妈痛哭了好些天。左邻右舍也陪着掉了好几回泪。冯新民那几天刚好外出，回来，见到躺着的大碗，他慢慢蹲下身子去，用手捂住了脸。

看见大碗被装进小小的棺材里，我也掉了泪。如果不出这场意外，过了这个夏天，大碗该和我一起念小学四年级了。

大碗走后，屋后的红旗河沉寂了三五天，随后又热闹起来。没有人去怨恨水的，孩子们照旧泡在水里面。而我，看见每条鱼，都认为那是大碗变的。

黄裙子，绿帕子

十五年前的学生搞同学聚会，邀请了当年的老师去，我也是被邀请的老师之一。

十五年，花开过十五季，又落过十五季。迎来送往的，我几乎忘掉了他们所有人，在他们的记忆里，却有着我鲜活的一页。

他们说，老师，你那时好年轻呀，顶喜欢穿长裙。我们记得你有一条鹅黄的裙子，真是靓极了。

他们说，老师，我们那时最盼上你的课，最喜欢看到你。你不像别的老师那么正统威严，你的黄裙子特别，你走路特别，你讲课特别，你爱笑，又可爱又漂亮。

他们说，老师，当年，你还教过我们唱歌呢，满眼的灰色之中，你是唯一的亮色，简直是光芒四射啊！

他们后来再形容我，用得最多的词居然是“光芒四射”。

我听得汗流浃背，是绝对意外的那种吃惊与惶恐。可他们一脸真诚，一个个地拥到我身边，争相跟我说着当年的事儿，完全不像开玩笑。

回家，我迫不及待地找出十五年前的照片。照片上，就是一位普通女子，圆脸，短发，还稍稍有点胖。可是，她脸上的笑容，却似青荷上的露珠，又似星月朗照，那么透明和纯净。

一个人有没有魅力，原不在于容貌，更多的是缘于内心所散发出的好意。倘若她内心装着善与真，那么，呈现在她脸上的色彩，必然叫人如沐暖阳如吹煦风，真实、亲切，活力迸发。这样的她，是迷人的。

我记忆里也有这样的一个人。小学六年级，学期中途，她突然来代我们的课，教数学。我们那时是顶头疼数学的。原先教我们数学的老师是个中年男人，面上整天不见一丝笑容。即便外边刮再大的风，他也是水波不现，严谨得像件老古董。

她来，却让我们都爱上了数学课。她十八九岁，个子中等，皮肤黑里透红，长发在脑后用一条绿色的帕子，松松地挽了，极像田埂边的一朵小野花。她走路连蹦带跳的，像只欢快的小鸟似的。第一次登上讲台，她脸红，半天说不出话来，只轻咬住嘴唇，看着我们笑。那样子，活脱脱像个邻家大姐姐，全无半点老师的威严感。我们一下子喜欢上了她，新奇有，更多的，却是觉得亲近和亲切。

记不得她的课上得怎样了，只记得，每到要上数学课，我们早早就在桌上摆好数学书，脖子伸得老长，朝着窗外看，盼她早点来。我们爱上她脸上的笑容，爱上她的一蹦一跳，爱上她脑后的绿帕子。她多像一个春天啊，在我们年少的心里，茸茸地种出一片绿来。

她偶尔也惩罚不听话的孩子，却从不责骂，只伸出食指和中指，在那孩子头上轻轻一弹，轻咬住嘴唇，看着那孩子笑道，你好调皮呀。那被她手指弹中的孩子，脸上就红上一红，也跟着不好意思地笑。于是，我们都笑起来。我们的作业若完成得好，她会奖励我们，做游戏或唱歌。——这些，又都是我们顶喜欢的。在她的课堂上，便常常掌声不断，欢笑声四起，真是好快乐的。

然学期未曾结束，却又换回原来严谨的男老师，她得走了。她走时，我们中好多孩子都哭了。她也伏在课桌上哭，哭得双眼通红。但到底，还是走了。我们都去大门口送，恋恋不舍。我们看着她和她脑后的绿帕子，一点一点远去，直至消失不见。天地真静哪，我们感到了悲伤。那悲伤，好些天都不曾散去。

遇见你的纯真岁月

他是第一个分配到我们乡下学校来的大学生。

他着格子衬衫，穿尖头皮鞋，操一口流利的普通话，这令我们着迷。更让我们着迷的是，他有一双小鹿似的眼睛，清澈、暖和。

两排平房，青砖红瓦，那是我们的教室。他跟着校长，绕着两排平房走，边走边跳着去够路旁柳树上的树枝。邻近人家养的鸡，跑到校园来寻食了，他看到鸡，竟兴奋得伸开双臂，扑过去，边扑嘴里边惊喜地叫："啊啊，大花鸡！"惹得我们笑弯了腰，有同学老气横秋地点头说："我们的老师，像个孩子。"

他真的做了我们的老师，教我们语文。第一天上课，他站讲台上半天没说话，拿他小鹿似的眼睛，看我们。我们也仰了头对着他看，彼此笑眯眯的。后来，他一脸深情地说："你们长得真可爱，真的。我愿意做你们的朋友，共同来把语文学好，你们一定要当我是朋友哦。"他的这个开场白，一下子拉近了他与我们的距离，全班学生的热血，在那一刻沸腾起来。

他的课，上得丰富多彩。一个个汉字，在他嘴里，都成了妙不可言的音符。我们入迷地听他解读课文，争相回答他提的问题。不管我们如何作答，他一律微笑着说："真聪明，老师咋没想到这么答呢？"有时我们回答得太离谱了，他也佯装要惩罚我们，结果是，罚我们唱歌给他听。于是教室里的欢笑声，一浪高过一浪。那时上语文课，在我们，是期盼，是幸福，是享受。

他还引导我们阅读。当时乡下学校，课外书极其匮乏，他就用自己的工资，给我们买回许多的书，诸如《红楼梦》《钢铁是怎样炼成的》《红与黑》之类的。他说："只有不停地阅读，人才能走到更广阔的天地去。"我至今还保留着良好的阅读习惯，应该是那个时候养成的。

春天的时刻，他领我们去看桃花。他说："大自然是用来欣赏的，不欣赏，是一种极大的浪费，而浪费是可耻的。"我们"哄"一声笑开了，跟着他蹦蹦跳跳走进大自然。花树下，他和我们站在一起，笑得面若桃花。他说："永远这样，多好啊。"周围的农人，都看稀奇似的，停下来看我们。我们成了风景，这让我们备感骄傲。

我们爱他的方式，很简单，却倾尽我们所能：掐一把野地里的花儿，插进他办公桌的玻璃瓶里；送上自家烙的饼，自家包的粽子，静静放在他的宿舍门口。他总是笑问：谁又做好事了？谁？我们摇头，佯装不知，昂向他的，是一张张葵花般的笑脸。

我们念初二的时候，他生了一场病，回城养病，一走两个星期。真想他啊，班上的女生，守在校门口，频频西望。——那是他回家的方向。被人发现了，却假装说：啊，我们在看太阳落山呢。

是啊，太阳又落山了，他还没有回来。心里的失望，一波又一波的。那些日子，我们的课，上得无精打采。

他病好后回来，讲台上堆满了送他的礼物，野花自不必说，一束又一束的。还有我们舍不得吃的糖果、自制的贺卡。他也给我们带了礼物，一人一块巧克力。他说："城里的孩子，都兴吃这个。"说这话时，他的眼睛湿湿的。我们的眼睛，也跟着湿了。

他的母亲，千方百计把他往城里调。他是家里独子，拗不过母亲。他说："你们要好好学习，将来，我们会有重逢的那一天的。"他走的时候，全班同学哭得很伤心。他也哭了。

多年后，碰见他，他早已不做老师了，眼神已不复清澈。提起当年的学生，却如数家珍般的，一个一个，都记得。清清楚楚的，一如我们清楚地记得他当年的模样。那是他和我们的纯真岁月，彼此用心相待，所以，刻骨铭心。

谦谦君子

一

他躺在床上，盖一床旧的棉布花被，花被上盛开着大红的牡丹。年代久了，牡丹的大红色，已显黯淡。这让我有些恻然，他是那么一个讲究格调的人，盖这样的被子，怕是有违他的意愿。再一想，他亦是个旧式的人，遵守着旧式礼法，有谦谦君子之风。那些消失掉的古朴寻常，也许正是他所坚守的。遂稍稍心安。

房间向阳。天气晴暖，都听得见春天在窗外走动的声音了。我在来时的路上，看到一两枝小黄花，挣脱人家的铁栅栏，探出半张脸来。是早开的迎春花。野鹦鹉也出来唱歌了，还有画眉和黄鹂鸟。

春天真的来了，他却看不到这个春天了。

师母说，他已六天粒米未进。昨夜哼哼了一夜，哼得人心里揪揪的。他这里，都烂了肿了。师母抚抚腹部，轻声告诉我。

肺癌。医生曾说，他至多只能再活三个年头，他却硬撑了五个年头。精神气好的时候，他坐在阳台上，翻从前的学生录和毕业照。也翻一些学生的来信，看得都能倒背如流了。教室里，一届一届的学生，哪些人坐哪个位置，他都记得。

他常念叨你，常指着报纸上你的文章跟我说，那个女孩好啊，吃得了苦，从乡下步行几十里路，到街上来上学。

他说你不大爱说话，说你用功，别人在玩耍，你一个人跑去学校门口的小河边，把书读。

他托人打听过你，还一直发着狠说，要去找你。

他把你发表在报纸上的文章，都给剪下来，收着了。

你看，这里都是呢，八十多岁的师母说到这儿，拉开床边五斗橱的一个抽屉，让我看。满满一抽屉，竟都是我文章的剪报。

师母又拉开另外一些抽屉给我看，这个放着一届一届的学生录和毕业照，那个放着天南地北的学生写来的信。

他呀，把这些看得像他的命根子。师母看着躺在床上的他，泪在眼眶里打转。而他，早已陷入半昏迷状态。整个人看上去，像薄薄的一张纸，那么轻，那么小。

二

他教我们的时候，六十好几了。本已退休在家，安享晚年的，但因学校缺语文老师，他就又回到学校。

他见人一脸笑，没有老师的威严，一点儿也没有。没有一个学生怕他，当面背后，都称他老头子。有时至多在老头子前面，加上他的姓，陈。陈老头子——我们这么叫。他也不恼，看见我们，依旧笑眯眯的，和蔼温和。

他家住老街上。一条青石板铺成的巷道，小蛇般的，蜿蜒在老街上。两边各一排黛瓦房，都是木板门、木格窗。他住在其中一幢黛瓦房里，小门小户的，外表看上去，跟其他人家别无二致，内里的摆设却大不相同。有一两回，下了晚自习，我伴着住在老街上的同学回家，走过他家门口，看到有灯光映着木格窗，像水粉洇在宣纸上。我们趴在木格窗上，朝里张望，看到满屋的字画。一排书架倚墙而摆，满满当当的，全是书。灯光晕黄，他在那晕黄的灯光下，泼墨挥毫。窗台边，一只肚大颈长的白瓷花瓶，里头插菊，静静开。

他的毛笔字写得好，那时我们并不觉得。也是到多年后，听人提起，人表示敬仰，说，那个陈老先生啊，毛笔字可是当年老街上的一绝，笔力深厚浑圆，一般的书法家远远不及。

他对诗词歌赋也颇有研究，会写古诗。他有时写了，念给我们听，我们也不觉得好。也是到多年后，听人提起，人表示仰视，说，那个陈老先生啊，写得一手好的古体诗，才华非凡。

他还唱得一口京剧，铿铿锵锵，中气十足。学校搞元旦文艺会演，他上台唱，听得我们忘了他的年纪，只拿他当英俊少年郎。我们在台下，拍得巴掌红。

他的课上得不算好，话语碎碎的，往往一句话，要重三倒四讲好多遍。教案被他圈得密密麻麻，我们看起来都吃劲得很，何况他。上课时，他把教案凑到鼻子底下去，与其说是“看”，莫若说是“闻”更贴切。他“闻”着一本一本的教案，讲读“予独爱莲之出淤泥而不染，濯清涟而不妖，中通外直，不蔓不枝，香远益清，亭亭净植，可远观而不可亵玩焉”“三五之夜，明月半墙，桂影斑驳，风移影动，珊珊可爱”……

我们都喜欢上他的课，因为，不用端庄严肃，不用假装听话。我们想到什么问题，尽可以站起来问，也可以在课堂底下随便讨论。不高兴听讲了，还可以看看课外闲书。我有好多的课外书，都是在他的语文课上读完的。他不反对，甚至是支持的。要多读书啊，他拿我做榜样，鼓励全班学生读闲书。

老头子人好，这是我们的共同评价。没有人怀疑这一点。

三

他姓陈，名光涛，是老街上出了名的谦谦君子。整天一件藏蓝色中山装，风衣扣子一直扣到脖子上。个子中等，清瘦着，待人接物，礼数周全。三岁小娃娃跟他说话，他也是认真庄严地听，认真庄严地回答，一双小眼睛，在玳瑁边框的镜片后，闪闪烁烁。我那时觉得，他那双眼睛特像星星。这比喻一点儿也不特别，但我心里，就是这么想着的。那时，每每夜晚抬头看到星星，很自然地，我会想到他的眼睛。

他走路腰杆笔直，却又时常要弯下腰来，路上掉的纸屑、烟头、石子、碎玻璃啥的，他都一一捡起来。他走过的一路，身后必是干净的。

他爱喝茶。办公桌上，一把紫砂壶里，终日泡着茶。他有滋有味地呷上一口，在我的作文后写评语：只要持之以恒，他日必有辉煌。

他不知道，他随手写下的这句话，是闪着金光的。它照耀了我这么多年，在我想妥协的时候，在我想懈怠的时候。

偶一次，我大起胆来，跑去他家问他借书。他笑眯眯迎我进去，满架的书，任我挑。等我抱着一怀抱的书，跟他告别，他竟送我出来，一直把我送到巷子口。

他亦是不知道，他的这一举动，对我的影响多么大。乡下孩子，家境清寒，自卑是烙在骨头里的，我走路都是低着头的。他的尊重，让我有了做人的尊严华贵，我原来，也是可以昂着头走路的。

四

我受过他的恩惠，一本新华字典。

那时，我是买不起那样的“大部头”的。

他送我一本，说是奖励我的作文写得好。

我以为是真的，心安理得地收下，自个儿觉得挺自豪的。

毕业多年后，当年的同学遇到，聊起他，我始才知道，当年他的“奖励”，只是一个幌子。他通过这样的“幌子”，奖励过不少家境困难的孩子。有同学的学费是他“奖励”的；有同学的衣物是他“奖励”的；有同学的饭钱是他“奖励”的；有同学的文具用品是他“奖励”的。

他送走过四五十届学生。到底有多少学生受过他的恩惠？怕是数也数不清了。我们能做的，就是记着他的好，并尽量使自己变得美好起来。他播下的善良，恰似蒲公英的种子，被带到四面八方去，生长出更多的善良，温暖着更多的人。

他分散在世界各地的学生，正风尘仆仆地往他这边赶。师母红着眼睛说，谢谢你们，没有把我家老头子忘掉。这句话，勾出我的泪。我俯身叫他，陈老师，陈老师。师母也帮着叫，老头子，老头子，你知道谁来看你了吗？是你一直念叨的那个女孩呀，是丁立梅呀。

听到我的名字，他似乎有了反应，紧闭着的双眼，微微睁开一条缝，盯着我打量、打量，复又合上，——他实在，没有力气了。

我多么后悔我的迟来。

我给他挑了上等的龙井带来，可是，他却再不能喝到了。

会说话的藏刀

导游洛桑，是个迷人的康巴汉子，浓眉大眼，身材魁梧，说一口流利的普通话。他是我们游香格里拉的地陪。一上车，他就给我们来了一个九十度的大鞠躬，浑身是笑，“欢迎大家来我们香格里拉做客！你看，天多蓝，云多白！我爱我的家乡！扎西德勒！”

我们很快喜欢上这个年轻率真的康巴汉子。一路上，他一直滔滔不绝着，说当地的风土人情，讲茶马古道的故事，学藏獒叫，唱藏族小曲。他喉咙一展开，我们立即吓了一大跳，那声音简直是金属的，金光灿烂，亮闪闪一片。我们说，若是他去做歌星，保管走红，原生态嘛，现在都热衷这个。洛桑听了，很认真地回答，“不，我爱我的家乡，我就愿待在这儿，哪也不去。”

我们听不懂他唱的藏语，他就用汉语字正腔圆一句一句翻译，当翻译到一句“草原上的姑娘卓玛”时，我们中有人笑，“洛桑呀，你有没有你的好姑娘？”

洛桑哈哈乐了，眼睛瞪大，一本正经答："有啊，我的好姑娘，是世上最漂亮的姑娘。"他告诉我们，他的好姑娘，也是个导游。他们带不同的旅游团，在同一片天空下转着，却难得相见。洛桑说这些时，嘴边一直飞着笑，表情柔和且安静，让人感动。我们于是都在想象他的卓玛，梳很多小辫子垂挂着，穿镶花边系绣花腰带的藏袍，有漆黑得如深潭的眸。问洛桑，"是这样吗？"洛桑频频点头，"是的是的。"

停车吃饭，一眨眼不见了洛桑。出门，却发现他蹲在人家水池边，就着一块磨刀石，正专注地磨着他佩的藏刀。问他："带藏刀干吗呢？"他解释："这是藏人服饰中的一块，藏人着装，是要佩了藏刀，才算着好装了。这是流传下来的习俗，藏人最初是用它来防身和切肉吃的。"我们要他示范一下他的刀快不快。洛桑就找了一根铁钉，削了下去。铁钉当即被削断。

即便是这样的锋利，洛桑一有空闲，还是取下他的藏刀磨。这让我们大大不解。洛桑轻轻插刀进鞘，说："我这刀是有灵气的，我把我手上的温度，磨进刀里去，它就会说话。"我们知道他是开玩笑，都跟着一乐。

车过一峡谷，洛桑看着窗外，突然变得很兴奋，洛桑问我们："可以停一下车吗？就五分钟。"我们都伸头往窗外看去，就看到与我们相向的一辆旅游车，停在路边，一些游客散在路旁，正对着峡谷拍照。大家好像明白了什么，都一齐说："我们也下去拍照吧。"洛桑一弯腰，冲我们感激地说："谢谢大家了，扎西德勒！”

洛桑是第一个跳下车的，他刚跳下车，我们就见到一个藏族姑娘，从那边车旁奔过来，黑黑的脸庞，胖乎乎的身材，穿着红底子碎花的藏袍，没系绣花腰带。这应该是洛桑的卓玛了，很一般的样子。我们一行人，都有些失望。

接下来看到的，却让我们感动无言。洛桑和姑娘面对面站着，对着傻笑。后来，她取下她的藏刀，他取下他的藏刀，他们互相交换了藏刀，伸手按按对方的刀鞘，仿佛在看，那刀是不是在对方的刀鞘里安妥了。她理理他的衣领，他拍拍她的肩，然后回头，招呼各自的游客上车。

车上，洛桑说：“那是我的姑娘。”我们点头：“知道。”洛桑就笑了，问：“我的姑娘漂亮吧？”我们说：“是，漂亮极了。”洛桑听了，非常高兴。他告诉我们，两人长期在外带团，见面少，他们就想了这个法子，每次遇到，就交换一下藏刀，因为对方的温度，会留在刀上。

想来，她在一有空时，也一定取出藏刀，不停地磨啊磨。她把她的情和暖，也磨进刀里面。

十亩间

我喜欢去逛小蓟的花店。

小蓟的花店，不大，却有个耐人寻味的名字：十亩间。这三个字，用白漆书写在一块褐色的原木上，挂在花店门前的墙旁，上面攀爬着绿的藤蔓。我每每总要为之驻足，想起《诗经》里的句子：十亩之间兮，桑者闲闲兮，行与子还兮。——十亩桑田青青，采桑的姑娘多么悠闲轻盈，晚霞照拂着炊烟，她们采好桑叶，相伴着一起回家。那景象，我以为是人间烟火里最美的。

不知小蓟的店名，是不是取自这里。问他，这个大男孩笑了笑，没说是，也没说不是。他白白的牙齿上，晃动着阳光的影子。

他店里的花草品种也不是很多，常见的不过是些草花，桔梗、石竹、波斯菊、太阳花之类的。他还极喜欢侍弄些野花。用他亲自烧制的瓦罐种一年蓬。用自己亲自设计的陶罐种三叶草和蒲公英。瓷盆子里，他种长红蓼和紫花地丁。那些野花，经他的手一拨弄一摆放，立即光彩、雅致起来，像是灰姑娘穿上了水晶鞋。

小蓟是学美工的。据说他在这行的学业很突出，曾有大公司开高薪聘小蓟，但他没去。有人替他可惜，说，小蓟你傻啊，放着那么好的机会不去，开个小花店能赚几个钱啊，还这么辛苦。小蓟只是笑笑，回，我愿意。

小蓟把他种的那些野花，在店门口排成一排，也是个沸沸扬扬的花世界了。大家见了，盯着左瞧右看，终恍然大悟，叫起来，小蓟，这不是野花么？野花也可以这么美？

小蓟笑笑，不解释。那些花与花器的完美搭配，却叫人无法挪步，最后都忍不住捧上一盆两盆回去，野花也当家花来养了。

我在小蓟的“十亩间”来来去去多了，有时会跟小蓟开玩笑，我说，小蓟，你话怎么这么少呢，话多了才会赢得更多的客人呀。

小蓟就笑，白白的牙齿上，晃动着阳光的影子。他说，要说那么多话做什么呢，做好自己就是了。

我怔住，看着小蓟。他穿过他的那些花花草草走去，竟也似其中的一棵或一朵了。

小蓟的“十亩间”，一直在那儿，在一条普通的小巷子里。不大的一间屋子，花的品种也还是那些。但隔些日子不去，我会很想念，便又跑去了。小蓟还是那个样子，微笑着，不多言，只拨弄着他的那些花花草草盆盆罐罐，却让人觉得无比的安心和舒适。看着他，总让我觉得惭愧，想想我们日常说了多少的废话，淹没掉多少好光阴。有时，少言的人，自带光辉，就像植物们从不说话，但在植物们跟前，你自然而然会敛神静气，心灵也跟着洁净起来。

风过林梢

一

赫奶奶走了。

这消息让我发了好一阵子的呆。我离开赫奶奶所在的那个小镇，十多年了吧。十多年的时光，足以让一个人老去。

我认识赫奶奶的时候，她五六十岁。又黑又细的眉毛，弯弯的，像用墨线弹过。配了一对黑珍珠似的眼，望向人的时候，水波潋滟着，孩子般的清澈。她个头中等，身材是恰到好处的丰满。走起路来，像踩着一段舒缓有致的曲子，不疾不徐，有着极美的韵致。想她年轻的时候，一定是个美人。

果真是。

年轻时，她是地方文工团里最红的角儿，舞台上的光芒，盖过天上最亮的星。十八九岁，她甩着粉红的绸帕子唱：

风过林梢呀风过林梢，在哪棵树的心底里，留下痕印。我倚门张望呀张望着，郎的身影，何时再经过我门前？

——嗓音清脆甜润，风吹小铃铛般的。露天舞台，一盏汽油灯悬着，照着她唇红齿白衬着的一张粉嫩的脸，像开得满满的一枝芍药花。台下人山人海，脚踩着脚，都为挤到台前去看她。

赫奶奶兴致好的时候，会跟人说一点儿当年事。她嘴角含笑，慢条斯理轻声讲着，讲着讲着，突然顿住，说，不提了，不提了，这些陈年烂谷子，提起要让人笑话的。彼时，赫奶奶在一家单位食堂烧饭。我刚出大学校门不久，分配到那个小镇工作，孤身一人，一日三餐，都在那家单位食堂搭伙。见面的次数多了，也就熟稔了。她总是很尊敬地称我丁老师。我脸嫩着，实在不好意思让一个年长者这么叫我，就悄悄跟她商量，赫奶奶，还是叫我名字吧，可好？她却看着我，极认真地说，那哪能呢，不能坏了规矩，你是老师，就是老师。

也认识了她的老伴。大家有时叫他赫爹，多数时候却直呼他赫老头。

第一次见到赫爹，我很替赫奶奶惋惜，她怎么嫁了这么一个男人！

赫爹长得丑，真丑。瘦弱，矮小，局促狭窄的脸上，布满麻子。偏偏眼睛又小，让你实在分不清，他看你的时候，是睁着眼睛呢？还是闭着眼睛呢？

赫奶奶洞悉我的心思，她瞟一眼在忙碌的赫爹，很平静地解释道，别看我家老头子长得丑，人可好着呢，是这个世上少有的好人。

每天清晨，赫爹必早早来到单位，替赫奶奶生好烧饭的炉子，烧好一天要用的开水，熬好粥。并把单位门前的场地，打扫得干干净净。人若问，赫老头，你家赫奶奶呢？他必宠溺地笑，说，她要睡觉的，我让她多睡一会儿。

赫爹的“早市”忙活妥当了，赫奶奶才梳洗一新地姗姗而来。碗筷摆上桌，食堂里，也就陆陆续续坐着吃早饭的人了。赫奶奶也坐在其中，细嚼慢咽地吃早饭。赫爹却仍在忙着，为中午的饭菜做准备，一边等着我们吃好了，他好刷锅洗碗。大家若叫，赫老头，你也过来一起吃早饭啊。他会受宠若惊地笑，连连摆手，不了，不了，你们吃吧，我一会儿回家去吃。

回家吃什么呢？茶泡饭就咸菜。他一天三顿，从不讲究。但对赫奶奶，却像供着一尊佛似的，零食给预备着，饼干、糖果、瓜子和应季的水果，从不间断。单位给赫奶奶配了一间休息室，我有时过去玩，赫奶奶会搬出一桌的零食来，招待我。全是我家老头子买的，她说。

他们的家住在小镇附近，有好几亩田，都是赫爹种着。赫爹专辟了地，种赫奶奶喜欢吃的瓜果菜蔬。遇到时新的菜蔬，也给单位食堂免费送一些，蚕豆上市了送蚕豆，番茄上市了送番茄。大家吃着鲜活的菜蔬，不免对赫爹说些感谢的话。赫爹就变得异常慌乱，连连摆手，不谢，不谢，自己种的，不值钱。赫奶奶不无得意地对人说，我家老头子种田可是一把好手，蔬菜啊庄稼啊，长得都比邻居家的要好。

二

姚爹突然出现了。姚爹长相斯文，衣着整洁，皮肤白皙，身板儿笔直笔直的。乍一见，像浸润在中草药中多年的老中医。

起初我以为他是赫奶奶的亲戚，像赫奶奶那样标致的人，有这样的亲戚，也是不足为怪的。但后来，三天两头会见着他。他来，大家都很客气地叫他姚爹，很熟悉的样子。他蹲在屋檐下，帮赫奶奶择菜，一边跟赫奶奶说着话，轻声慢语的。若是碰上赫爹来，彼此都会很热络地打招呼，一团和气。

也就听人隐约提起，说他是赫奶奶年轻时的相好。

曾同在一个文工团，赫奶奶是台柱子，他是搞乐器的，拉得一手好二胡，还兼着写剧本、作曲和排戏，是有名的才子。他写一折《风过林梢》的戏，是歌唱婚姻自由的。那时宣扬男女平等，恋爱自己做主。赫奶奶是主演，很快引起轰动，一天一场地演，有时还要加演。

两个年轻人日日见着，生了情合了意。也未曾有过承诺，未曾有过誓言，但就是很愿意在一起。有时，他们头挨头地研究台词唱腔。有时，也没什么事，只偶尔说上一两句无关紧要的话，彼此看着，笑笑，也是好的。看见他们的人，都觉得他们很般配，私下里想着，这两个人要是能够结婚，真像云朵配上云朵，花儿配上花儿呢！

赫奶奶的父母却突然来到文工团，强行把赫奶奶带回家。他们早已把她许了姓赫的一户人家，说是早年受过赫家恩惠。一贫如洗的岁月里，他们夫妇领着幼儿逃荒，差点饿死在荒郊野外，是赫家的一升荞麦，救了他们全家性命。赫家当时有子女六个，最小的赫爹，三四岁了，丑丑的一个小孩，拖着两行鼻涕望着他们。赫奶奶的母亲刚好有孕在身，就指着腹中胎儿，对赫家说，他日若生了姑娘，就给你们家这个老幺做媳妇儿。

赫奶奶从小也是耳闻过的，只不当真。但她的父母却认了真，耳里听到一些风言风语，着了急，就商量着让赫家来带人。赫奶奶哭过，闹过，绝食过，但她母亲的性子比她更犟，一把菜刀架在自己的脖子上，对赫奶奶说，姑娘，你这条命，也是赫家给的，你要是让我们做背信弃义的事，我就立刻死在你跟前。

赫奶奶哭哭啼啼地嫁了。赫爹像捡到珍宝似的，小心轻放着。日子久了，赫奶奶委屈的心，渐渐平复。

姚爹在赫奶奶嫁人后，颓废了好长一段时间，他二胡不拉了，剧本不写了，曲子不编了。一年后，他也离开了文工团，到一所偏远的乡村小学，做了名音乐老师。

他与赫奶奶再次相逢，是他被批斗得最为惨烈的时候。因有个舅舅在海外，他成了走资派。又因他是个搞音乐的，说他宣扬靡靡之音罪名更大。他天天挨批，头发被剃光了，肋骨被打断了，躺在黑屋子里，一心求死。赫奶奶来了，带着她做的糯米点心，那是他爱吃的。见了她，他仿佛在寒冬里，望见了春天的一抹柳枝绿。

他没有再寻死，咬着牙撑一撑，那段岁月，也就过去了。后来他搬到了赫奶奶所在的这个镇子，与赫奶奶一家往来频繁。赫奶奶的孩子都尊称他姚叔。

姚爹却一直未曾婚娶。赫奶奶热心地帮他穿针引线过，他也对一个离异的女同事有过好感，两人相处过一段日子，后来却不了了之。从此，他再不提婚姻之事。他种花养草，写写曲子，拉拉二胡，闲时就跑过来看看赫奶奶，青天白日，光明磊落。小镇人起初对他们还有闲言，但他们的坦然，倒容不得别人再说什么了。大家暗地里都说赫奶奶有福气，两个男人都对她这么死心塌地。

三

我离开小镇的那年冬天，赫爹突发脑溢血而亡。大家都心照不宣地想，姚爹终于守得云开月明时了，这下子，赫奶奶肯定要和他在一起了。赫奶奶的儿孙们，也都有这个意思，极力撮合他们。

赫奶奶却摇头，坚决地说不，她说她不能对不起老头子，他一辈子老实，对她好了一辈子。

赫爹走后，赫奶奶辞去了食堂烧饭的差事，一下子老了许多，老是丢东忘西，记不住事情。姚爹天天去陪她，买了零食带过去，饼干、糖果、瓜子和应季的水果。赫奶奶吃着零食，吃着吃着，会错把姚爹喊成赫爹。

赫奶奶的葬礼上，姚爹拉了当年的曲子《风过林梢》，这是赫奶奶临终时要求的。姚爹拉着拉着，一滴泪，很亮的，滑落在二胡的弦上。

每一棵草都会开花

去乡下，跟母亲一起到地里去，惊奇地发现，一种叫牛耳朵的草，开了细小的黄花。那些小小的花，羞涩地藏在叶间，不细看，还真看不出。我说，怎么草也开花？母亲笑着扫过一眼来，淡淡说，每一棵草，都会开花的。愣住，细想，还真是这样。蒲公英开花是众所周知的，黄灿灿的，像小菊花。即便结果了，也还像花，白白的绒球球，轻轻一吹，满天飞花。狗尾巴草开的花，连缀在一起，就像一条狗尾巴，若成片，是再美不过的风景。蒿子开花，是大团大团的……就没见过不开花的草。

曾教过一个学生，很不出众的一个孩子，皮肤黑黑的，还有些耳聋。因不怎么听见声音，他总是竭力张着他的耳朵，微向前伸了头，作出努力倾听的样子。这样的孩子，成绩自然好不了，所有的学科竞赛，譬如物理竞赛，化学竞赛，他都是被忽略的一个。甚至，学期大考时，他的分数，也不被计入班级总分。所有人都把他当残疾，可有，可无。

他的父亲，一个皮肤同样黝黑的中年人，常到学校来看他，站在教室外。他回头看看窗外的父亲，也不出去，只送出一个笑容。那笑容真是灿烂，盛开的野菊花般的，有大把阳光栖在里头。我很好奇他绽放出那样的笑，问他，为什么不出去跟父亲说话？他回我，爸爸知道我很努力的。我轻轻叹一口气，在心里。有些感动，又有些感伤。并不认为他，可以改变自己什么。

学期要结束的时候，学校组织学生手工竞赛，是要到省里夺奖的，这关系到学校的声誉。平素的劳技课，都被充公上了语文、数学，学生们的手工水平，实在有限，收上去的作品，很令人失望。这时，却爆出冷门，有孩子送去手工泥娃娃一组，十个。每个泥娃娃，都各具情态，或嬉笑，或遐想，或跳着，或打着滚，活泼、纯真、美好，让人惊叹。作品报上省里去，顺利夺得特等奖。全省的特等奖，只设了一名，其轰动效应，可想而知。

学校开大会表彰这个做出泥娃娃的孩子。热烈的掌声中，走上台的，竟是黑黑的他——那个耳聋的孩子。或许是第一次站到这样的台上，他神情很是局促不安，只是低了头，羞涩地笑。让他谈获奖体会，他嗫嚅半天，说，我想，只要我努力，我总会做成一件事的。刹那间，台下一片静，静得阳光掉落的声音，都能听得见。

从此面对学生，我再不敢轻易看轻他们中任何一个。他们就如同乡间的那些草们，每棵草都有每棵草的花期，哪怕是最不起眼的牛耳朵，也会把黄的花，藏在叶间。开得细小而执着。

穿旗袍的女人

六年前，我在一个小镇住。小镇上有个女人，三十多岁的模样，无职业，平时就在街头摆个摊，卖卖小杂物，如塑料篮子瓷钵子什么的。

女人家境不是很好，住两间平房，有两个孩子在上学，还要侍奉一瘫痪的婆婆。家里的男人也不是很能干，忠厚木讷，在一工地上做杂工。这样的女人，照理说应该是很落魄的，可她给人的感觉却明艳得很，每日里在街头见到她，都会让人眼睛一亮。女人有如瀑的长发，她喜欢梳理得纹丝不乱，用发夹盘在头顶上。女人有颀长的身材，她喜欢穿旗袍，虽然只是廉价的衣料，却显得款款有致。她哪里像是守着地摊赚生活啊，简直就是把整条街当成她的舞台，活得从容而优雅。

一段时期，小街人茶余饭后，谈论得最多的就是这个女人。男人们的话语里带了欣赏，觉得这样的女人真是不简单。女人们的言语里却带了怨怼，说，一个摆地摊的，还穿什么旗袍！隔天，却一个一个跑到裁缝店里去，做一身旗袍来穿。

女人不介意人们的议论，照旧盘发，穿旗袍，优雅地守着她的地摊，笑意盈盈，周身散发出明亮的色彩。这样的明亮，让人没有办法拒绝，所以大家有事没事都爱到她的摊子前去转转。男人们爱跟她闲聊两句，女人们更喜欢跟她讨论她的旗袍，她的发型。临了，都会买一件两件小商品带走，心满意足的。

几年后，女人攒足了钱，再贷了一部分款，居然就买了一辆中巴车跑短途。她把男人送去考了驾照，做了自家中巴车的司机。她则随了车子来回跑，热情地招徕顾客。在来来去去的风尘之中，她照例是盘了发，穿着旗袍，清清丽丽的一个人。她的车也跟别家的不同，车里被她收拾得异常整洁，湖蓝色的坐垫，淡紫色的窗帘，给人的感觉就是雅。所以小镇人外出，都喜欢乘她的车。

她的日子渐渐红火起来，却不料，竟很意外地出了一起车祸。所赚的钱全部赔进去了，还搭上一辆车和几十万的债务。她的腿部也受了很重的伤，躺在医院里，几个月下不了床。小镇人都说，这个穿旗袍的女人，这下子倒下去是爬不起来的了。

可是半年后，她却在街头出现了，干着从前的老本行——摆地摊儿，卖些杂七杂八的日常生活用品。她照例盘发，穿旗袍。腿部虽落下小残疾，但却不妨碍她把脊背挺得笔直，也不妨碍她脸上挂上明亮的笑容。

我离开小镇那年，女人已不再摆地摊了，而是买了一辆出租车在开。

过两年，小镇有人来，问及那个女人。小镇人说，她现在发达了，家里有两辆车子，一辆跑出租，一辆跑长途。

最近又听小镇人说，女人新盖了三层楼房。我问，她还盘发吗？还穿旗袍吗？小镇人就笑了，说，如果不盘发，不穿旗袍，她就不是她了。真的呢，她还跟从前一样漂亮，一点没见老。

这样的女人，是应该永远活得如此高贵的，是从骨子里透出来的那种高贵，什么样的艰难困苦也湮没不了它。

布达拉宫里的爱情绝唱

1697年的秋天，对于14岁的门巴族少年仓央嘉措来说，真是一个肃杀的秋天。这个秋天，他将远离他的门隅，远离他青梅竹马的仁增旺姆，到千山万水外的布达拉宫去。自从3岁那年，他被定为五世达赖喇嘛的转世灵童，冥冥中，他的命运，已不掌控在他的手里了。他要去走佛的路，成为西藏最高精神领袖六世达赖喇嘛。

秋叶簌簌落，像他纷乱的心。前路看不见，而身边真实的那个人，他就要与她永别了。他在树梢上，为她挂上祈求平安与福祉的经幡，他把他的魂，系在上面了。一步一回头，别了，我亲爱的山。别了，我亲爱的水。别了，我亲爱的人。美丽的姑娘仁增旺姆，眼睁睁看着她的少年一步一步走远，她多想拽住他的衣襟不放手，今生也不放手。她不要他变成佛，她不要，她要她的仓央嘉措！泪水长流中，她铭记了他临行前的一句承诺：等着我，我们会相见的。

一年，又一年。星空下，布达拉宫红宫的屋顶平台上，已是普惠罗桑仁钦的仓央嘉措，眼光越过一座座灵塔金顶，眺望着他遥远的门隅，心中千呼万唤的，是他心爱的姑娘，“山上的草坝黄了，山下的树叶落了。杜鹃若是燕子，飞向门隅多好！”他望瘦了风，望瘦了月，望瘦了人。而隔着千重山万重水的门隅，仁增旺姆亦是日夜思念着他，她天天跑去那挂着经幡的树下，眺望着天边的布达拉宫，高山望断。求婚的接踵而至，父母威逼，舆论谴责，她统统不顾的，她要等着她的仓央嘉措，他们一定会相见的。

终于等来了仓央嘉措的召唤，那是三年后的一天，无法抑制思念之情的仓央嘉措，偷偷派亲信来到门隅，暗中约见了仁增旺姆，捎来他的口信。仁增旺姆一刻也不曾停留，行囊未来得及收拾就上路了。风餐露宿，跋山涉水，飞到她的爱人身边。

他们在布达拉宫重逢了！他是高高在上的活佛，她是万千膜拜信徒中的一个。穿过那些膜拜的头顶，他们纠缠的眼神，再也无法分离。

仁增旺姆在布达拉宫旁的玛吉阿米酒店住下来。爱情让两个人成了世上最幸福的人，他们热切盼望着夜晚来临，那是他们的天堂。从此，仓央嘉措有了双重身份，白天，他是住在布达拉宫里的活佛六世达赖喇嘛，坐在无畏狮子大法宝座上，威仪天下。夜晚，他还原成俗人，甘愿被爱情灌醉。这期间，他为他的仁增旺姆，写出大量的爱情诗：

那一刻，

我升起风马不为祈福，

只为守候你的到来。

那一日，

我垒起玛尼堆不为修德，

只为投下心湖的石子。

那一夜，

我听了一宿梵唱不为参悟，

只为寻你的一丝气息。

那一月，

我拨动所有的转经筒，

不为超度只为触摸你的指尖。

那一年，

我磕长头匍匐在山路，

不为觐见只为贴着你的温暖。

那一世，

我转山转水转佛塔啊，

不为修来生只为途中与你相遇。

那一瞬，

我飞升成仙，

不为长生只为佑你平安喜乐。

然他们都清楚着，这样的爱，注定没有指望。自从三岁那年，他被确定为五世达赖喇嘛的转世灵童后，他就失却了作为人的最基本的权利——追求自由和爱情。他们的相爱，无异于赤裸着双脚，在荆棘上跳舞。

风雨也终于来了。当时西藏的形势相当错综复杂，宗教的、政治的、军事的、经济的，各方面权力纷争，反对派虎视眈眈盯着他身下的无畏狮子大法宝座。掌控了他，就等于掌控了整个西藏。他过度的“放浪形骸”，无疑是授人以柄，铺天盖地流言，汹涌而来。这对苦命的恋人，已感到乌云压顶的沉重，已嗅到不远处的血腥味。她躺在他的怀里，他搂紧她的人，不知什么时候一松手，就再见不着了。他问她：“愿否永作伴侣？”她毫不犹豫地答：“除非死别，决不生离！”

好了，还有什么比恋人的这句承诺，更能穿心入肺的呢？佛亦不能够。他脱下身上的僧衣，毫不可惜地扔到辅他走上佛路的第巴桑结嘉措的脚下。他决心放弃他的达赖喇嘛的权位，放弃布达拉宫的辉煌，他不要做佛，他要做人，他要和他的仁增旺姆，一起回他们的门隅，结婚，生子，过寻常的日子。

他天真了！这个时候，做不做活佛，已由不得他了。一天，他再去约会，玛吉阿米酒店里，再看不见他的仁增旺姆了。他疯了似的，对着远处的群山叫喊，他豆花似的爱人，却再没有回来。

他的心，滴着血。身边的权力之争，这时，却越演越烈。一直护着他的第巴桑结嘉措，在一次纷争中被杀。1706年，在权力之争中获胜的拉藏汗，把仓央嘉措从无畏狮子大法宝座上拉下来。康熙帝一纸诏书：执献京师。他踏上了被押解去北京的路。

1707年的冬天，仓央嘉措在青海湖畔神秘失踪。一说是被杀。一说是病死。这一年，他年仅25岁。

几十年后，有个从门隅来的老妇人，来到布达拉宫，向人打听，去青海湖的路。她衣衫褴褛，白发乱草似的，蓬松在头上。岁月的沧桑，深深印在她的脸上，刀削斧刻般的。有人给她指路，她低声道谢。转身，一个人，朝着落日，踽踽地走远了。

三百多年过去了，布达拉宫门前的转经筒，转过一世再一世。多少人事，都被历史的风尘，淹没得严严实实，再无痕迹可寻。然而，仓央嘉措和他的爱情，却如漫山遍野的格桑花，世世代代，盛开在青藏高原上，盛开在人们的心里面。

感悟

散文精读·丁立梅 >>

看　花

这时节，只要一有空闲，我就跑出去看花。

春天最不值钱的，就是花。

走在路上，我有君临天下的感觉，身边莺歌燕舞霓裳飘拂，后宫佳丽何止三千！人实在是有福气了，人并不知。我看路人走过花旁，一树樱花，一树桃花，还有几树海棠，那么沸沸的。他却视而不见，一径走了。我真是急，我恨不得拽住他，你看哪，你且看看哪，你就这么走了，多浪费！

也无须追到远处去，就在家门口转着吧，随便地一扭身，你也就能看到好。好是真的好。草都绿了，花都开好了，无一处不是欢欣鼓舞蓬蓬勃勃的。让你想到一个词，花样年华。季节可不正是到了它的花样年华时！

蒲公英在草地上眨巴着眼睛。这小家伙性格有点孤傲，少有成群结队的。它们撑着艳艳的小黄脸，东一朵，西一朵的，闲逛着玩儿。遇见，我也总是要向它行行注目礼。比方说，它在砖缝中。比方说，它在背阴的墙脚处。比方说，它在一截断墙上。我的内心，也总会引起一点小震动，生命的丰饶，原在生命本身，无关别的。

垂丝海棠开得顶烂漫，顶没心没肺的。春风也不过才吹了两吹，它们就跟商量好了似的，齐刷刷地冒出来，来开茶话会了。每根枝条上，都坐满了小花朵啊，手挽手，肩挨肩的，密密匝匝，盛况空前。

我走过它们身边，我老觉得它们在笑。一朵花先笑了，接着再一朵，再再一朵。然后，千朵万朵跟着笑起来，笑得花枝乱颤，云蒸霞蔚。

笑我吗？我扭头去望，不自觉地，也笑了。

菜花开得就有些蛮不讲理了。它简直是泛滥，有一统天下的野心，成坡成岭，成海成洋。我走进一片菜花地，老疑心耳边响着“哒哒哒”的马蹄声，它是要揭竿而起吗？

乡下的房，这个时候，是顶幸福不过的了，被它左抱右拥着，像荡在黄金波上的一艘船。有人出来，有狗出来，有鸡出来，有羊出来，那“黄金波”就跟着划过一道道细细的浪。风吹菜花。唉唉唉，你只剩叹息的份了。

如果逢着河，如果河边刚好长着一棵野桃树，那你就等着束手就擒吧，你是注定动弹不得的了。水映着一树的花，花映着一河的水，红粉缥缈。有人在河边钓鱼，你看着那人，又欢喜又恼恨。你觉得他是在钓桃花瓣，却又搅了鱼的清梦。鱼嚼桃花影哪，自然与自然相融相生，美到地老天荒。

看到一棵梨树，开出落雪的模样。我走过去，坐在树下，奢侈地发呆。一个信息忽然过来，是远方的一个读者，她说，梅子老师，这些日子我过得很不快乐，我是一个特别在乎别人评价的人，你有过这样的烦恼吗？

我仰头望了望一树的花，笑了。低头回复她，这样的烦恼，从前我也有过，现在没有了，因为，我的活，完全是我自己的事。就像一朵花的开放，它从来没有去征求过谁的同意。风也管不着，鸟也管不着，灵魂便自由了。

种　爱

认识陈家老四，缘于我婆婆。

婆婆来我家小住，不过才两天，她就跟小区的人，混得很熟了。我下班回家，陈家老四正站在我家院门口，跟婆婆热络地说着话。看到我，他腼腆地笑笑：“丁老师下班啦？”我礼貌地冲他点点头：“是啊。”他看上去，年龄不比我小。

他走后，我问婆婆：“这谁啊？”婆婆说：“陈家老四啊。”

陈家老四是家里最小的孩子，父亲过世早，上有两个哥哥，一个姐姐，都已另立门户。他们与他感情一般，与母亲感情也一般，平常不怎么往来。只他和寡母，守着祖上传下的三间平房度日。

也没正式工作，蹬着辆破三轮，上街帮人拉货。婆婆怕跑菜市场，有时会托他带一点蔬菜回来。他每次都会准时送过来，看得出，那些蔬菜，已被他重新打理过，整整齐齐干干净净的。婆婆削个水果给他吃，他推托一会儿，接下水果，憨憨地笑。路上再遇到我，他没头没脑说一句：“你婆婆是个好人。”

他却得了绝症，肝癌。穷，医院是去不得的，只在家里吃点药，等死。精神气儿好的时候，他会撑着出来走走，身旁跟着他的白发老母亲。小区的人，远远望见他，都避开走，生怕他传染了什么。他坐在我家的小院子里，苦笑着说：“我这病，不传染的。”我们点头说：“是的，不传染的。”他得到安慰似的，长舒一口气，眼睛里，蒙上一层水雾，感激地冲我们笑。

一天，他跑来跟我婆婆说：“阿姨，我怕是快死了，我的肝上积了很多水。”

我婆婆说：“别瞎说，你还小呢，有得活呢。”

他笑了，说：“阿姨，你别骗我，我知道我活不长的。只是扔下我妈一个人，不知她以后怎么过。”

我们都有些黯然。春天的气息，正在蓬勃。空气中，满布着新生命的香，叶在长，花在开。而他，却像秋天树上挂着的一枚叶，一阵风来，眼看着它就要坠下来，坠下来。

我去上班，他在半路上拦下我。那个时候，他已瘦得不成样了，脸色蜡黄蜡黄的。他腼腆地冲我笑：“丁老师，你可以帮我一个忙么？”我说：“当然可以。”他听了很高兴，说他想在小院子里种些花。“你能帮我找些花的种子么？”他用期盼的眼神看着我。见我狐疑地盯着他，他补充道：“在家闲着也无聊，想找点事做。”

我跑了一些花店，找到许多花的种子带回来，太阳花、凤仙花、虞美人、喇叭花、一串红……他小心地伸手托着，像对待小小的婴儿，眼睛里，有欢喜的波在荡。

这以后，难得见到他。婆婆说："陈家老四中了邪了，筷子都拿不动的人，却偏要在院子里种花，天天在院子里瞎折腾，哪个劝了也不听。"

我笑笑，我的眼前，浮现出他捧着花种子的样子。真希望他能像那些花儿一样，生命有个重新开始的机会。

一晃，春天要过去了。某天，大清早的，买菜回来的婆婆突然说："陈家老四死了。"

像空谷里一声绝响，让人怅怅的。我买了花圈送去，第一次踏进他家小院，以为定是灰暗与冷清的，却不，一院子的姹紫嫣红迎接了我。那些花，开得热情奔放，仿佛落了一院子的小粉蝶。他白发的老母亲，站在花旁，拉着我的手，含泪带笑地说："这些，都是我家老四种的。"

我一时感动无言，不觉悲哀，只觉美好。原来，生命完全可以以另一种方式，重新来过，就像他种的一院子的花。而他白发的老母亲，有了花的陪伴，日子亦不会觉得太凄凉。

偶　遇

小城有家卖饰品的小店，店名叫得极有意思，叫“偶遇”。小店开在一条古旧的街道上。店里卖的都是小饰品：精美的钥匙扣，拙朴的香水瓶，会唱歌的玻璃小人，五颜六色的发圈……每一样，都是精致小巧的。一间再普通不过的小屋，被装点得像童话。让人颇感意外的是，店主是个六十开外的老妇人，穿大红的衫，戴贝壳串成的手链，笑容灿烂，举手投足间，自有一段风情。年轻时，她迷恋小饰物，一直没有机会开这样的店。退休了，她重拾旧梦，天天守着一堆“宝贝”，把日子过得如花似玉。

那条街道我不常去，自然不知道这间“偶遇”。那天突然撞见，欢喜莫名。这样的相遇，不特意，不约定，带来的惊喜，像晶莹的雪粒，落在心上。一颗一颗，都是透亮的湿润和清凉。后来的一些天，我脑子里不时会蹦出那家小店来，一屋的小饰品，叮叮当当，叮叮当当。与老妇人的优雅，竟十分的般配。我不由自主地微笑，岁月里，我们会渐渐老去，梦想却不会。

也是这样的偶遇，在武汉。当地文友拉我去逛光谷步行街，她说那里的灯光，美得让人惊心。天桥之上，我被一朵一朵怒放的玫瑰花牵住了脚步。确切地说，那不是花，那是一堆橡皮泥。可它分明又是花，在灯光的映衬下，瓣瓣舒展，鲜艳欲滴。

捏橡皮泥的，是个矮个子男人。眼睛细小，皮肤黝黑，满脸沧桑。沧桑中，却有种淡定的平和。他在眨眼之间，把一小坨橡皮泥，捏成一朵盛开的玫瑰。我蹲下去，看他捏。他十指扭曲，严重残疾，却灵活。手像被施了魔法似的，在橡皮泥上轻轻一按，一瓣花开了。再轻轻一按，一朵花开了。

我挑起一枝，紫色，典雅大方。想买。他说，这个不卖，人家预定好了的，你要买，我再给你捏。我惊讶了，我说，你可以重捏一个给预定的人啊。他却坚持不卖，说他答应过给人家留着的，就一定得留着。一会儿，他给我捏出另一朵来，撒上荧光粉。他关照，你回去对着灯光照上十来分钟，它会发光的。

从武汉回来，我别的东西没带，只带了那枝花回来。看见它，我总要想一想花后的那个人，生活对他或许有诸多不公，他却能够做到心境澄清，不急不躁让花常开不败。

还是这样的偶遇，在云南。夜晚的广场上，一群人围着篝火在跳舞。不断有人加入进去，天南地北，并不熟识。不关紧的，笑容是一样的，快乐是一样的，心灵因一团篝火，在瞬间洞开。我站在圈外看，有人跟我招手，来呀，一起来跳啊。我笑着摇摇头。手突然被一陌生女子牵了，她不由分说把我牵进欢乐的人群中。灯光暗影里，她脸上的笑容明明灭灭，如星星闪烁。她说，跳吧，一起跳吧，很好玩的呀。她很快踩上音乐的节奏，身体像条灵活的鱼，看得我眼热，跟着她后面跳起来。那是我平生第一次跳舞，完全的不着章法，欢乐却像燃着的篝火，把人整个地点燃。曲终，转身寻她，不见。满场的欢声笑语，经久不散。

人生还有多少这样的偶遇？在时间无垠的荒野里，我们都是跋涉的旅人，却因这偶然的相遇和眷顾，布下温暖的种子。日后，于某一时刻，不经意地想起，那些温暖的种子，早已在记忆深处，生根发芽，抽枝长叶，人生因此变得丰盈。

掌心化雪

那个时候，她家里真穷，父亲因病离世，母亲下岗，一个家，风雨飘摇。

大冬天里，雪花飘得紧密。她很想要一件暖和的羽绒服，把自己裹在里面。可是看看母亲愁苦的脸，她把这个欲望，压进肚子里。她穿着已洗得单薄的旧棉衣去上学，一路上被冻得瑟瑟发抖。她想起安徒生的童话《卖火柴的小女孩》，她想，若是她也有一把可供燃烧的火柴，该多好啊。——她实在太冷了。

拐过校园那棵粗大的梧桐树，一树银花，映着一个琼楼玉宇的世界。她呆呆站看着，世界是美好的，寒冷却钻肌入骨。突然，年轻的语文老师迎面而来，看到她，微微一愣，问："这么冷的天，你怎么穿得这么少？瞧，你的嘴唇，都冻得发紫了。"

她慌张地答："我不冷。"转身落荒而逃，逃离的身影，歪歪扭扭。她是个有自尊的孩子，她实在怕人窥见她衣服背后的贫穷。

语文课，她拿出课本来，准备做笔记。语文老师突然宣布：“这节课我们来个景物描写竞赛，就写外面的雪。有丰厚的奖品等着你们哦。”

教室里炸了锅，同学们兴奋得叽叽喳喳，奖品刺激着大家的神经，私下猜测，会是什么呢？

很快，同学们都写好了，每个人都穷尽自己的好词好语。她也写了，却写得索然，她写道：“雪是美的，也是冷的。”她没想过得奖，她认为那是很遥远的事，因为她的成绩一直不引人注目。加上家境贫寒，她有多自尊，就有多自卑，她把自己封闭成孤立的世界。

改天，作文发下来，她意外地看到，语文老师在她的作文后面批了一句话：“雪在掌心，会悄悄融化成暖暖的水的。”这话带着温度，让她为之一暖。令她更为惊讶的是，竞赛中，她竟得了一等奖。一等奖仅仅一个，后面有两个二等奖，三个三等奖。

奖品搬上讲台，一等奖的奖品是漂亮的帽子和围巾，还有一双厚厚的棉手套。二等奖的奖品是围巾，三等奖的奖品是手套。

在热烈的掌声中，她绯红着脸，从语文老师手里领取了她的奖品。她觉得心中某个角落的雪，静悄悄地融化了，湿润润的，暖了心。那个冬天，她戴着那顶帽子，裹着那条大围巾，戴着那副棉手套，严寒再也没有侵袭过她。她安然地度过了一个冬天，一直到春暖花开。

后来，她读大学了，她毕业工作了。她有了足够的钱，可以宽裕地享受生活。朋友们邀她去旅游，她不去，却一次一次往福利院跑，带了礼物去。她不像别的人，到了那里，把礼物丢下就完事，而是把孩子们召集起来，温柔地对孩子们说："来，宝贝们，我们来做个游戏。"

她的游戏，花样百出，有时猜谜语，有时背唐诗，有时算算术，有时捉迷藏。在游戏中胜出的孩子，会得到她的奖品——衣服、鞋子、书本等，都是孩子们正需要的。她让他们感到，那不是施舍，而是他们应得的奖励。温暖便如掌心化雪，悄悄融入孩子们卑微的心灵。

蓝色的蓝

她报出她的姓时，我们都讶异极了。“蓝，蓝色的蓝。”她笑着说，红唇鲜艳。继而介绍她的名，居然单单一个字，蓝。她的名字，蓝蓝。那会儿，我们正站在蓝蓝的湖边，蓝蓝的天空倒映在湖中，如一大块蓝玉。她的名字，应和了眼前的景色。如此诗意，真是让人妒忌得很。

我们一行人游西藏，她是半道上加进来的。之前，她一个人已游完拉萨，还在一家医院里做了一天的义工。“也没做什么啦，就是帮人家拿拿接接的。”她满不在意地大笑起来。灿若一朵木棉花。五十多岁的人，看上去不过四十出头，靓丽明艳。小导游喊同团稍上年纪的女人“阿姨”，却叫她，蓝蓝姐。她乐得眉毛眼睛都在笑。

我们都羡慕她的明媚和精神气。几天的西藏行走，我们早已疲惫不堪，高原反应也还在折磨着大家，一个个看上去灰头土脸的，她却精神饱满得如枝叶葱茏。“你真不简单！”我们由衷地夸她。她听了，哈哈大笑，开心极了。

她爱笑，热情，说话幽默。一团的人，分别来自不同地方，彼此间有戒备，一路上都是各走各的，少有言语。她的到来，恰如煦风吹过湖面，泛起浪花朵朵。众人受她感染，都变得活泼起来亲切起来，有说有笑的。原来，都不是冷漠的人哪。

很快地，她跟全团的人混熟了。这个头疼，她给止疼药；那个腹泻，她给止泻药；有人削水果，不小心被刀划破了手，她伸手到口袋里一掏，就掏出几枚创可贴来。仿佛她会变魔术。大家对她敬佩和感激得不得了，她却轻描淡写地说："这没什么，我只不过多备了点常用药。"

西藏地广路遥，从一个景点到另一个景点，往往相距一两千里，要翻越许多座山，涉渡许多条河。天未亮，我们就摸黑上路，所有人都睡眼惺忪，根本来不及收拾自己，只把自己囫囵塞进车子了事。她却披挂完整，眼影、眉线、口红，样样不缺，妆容精致，光彩灼灼，跟画里的人似的。我们忍不住看她一眼，再看一眼，心里生出无限的感喟与感动来。

知道她的故事，是在纳木错。

面对变幻无穷、风光诡异的圣湖，她孩子一样地欢呼奔跑，然后，双膝突然跪下，泪流满面。我们都吓了一跳，正愣怔着不知怎么办才好时，听到她喃喃地说："感谢上帝，我来了。"

原来，她身患绝症已两年。医生宣判的那会儿，她只感到天崩地裂。她在意过很多，得失名利，都曾是她生命的主题曲。她玩命地去争，甚至因此忽略了家庭，让自己憔悴不堪。当她知道自己的日子，只剩下短短三个月时，曾经双手紧握着的那一些，都成了浮云，她只要自己能活。

她重新打理自己的生活，养花种草，出门旅游，还常常去做义工，生命变得充盈起来。每天清晨睁开眼，看到窗外第一缕阳光，她的心里都会腾起一阵欢喜，“感谢上帝，我又拥有了一天！”她把每一天都当作是崭新的，是重生。所以，心中时时充满感激。她活过了医生断定的三个月，活过了一年，活过了两年，还将活下去。

我们听得涟漪四起。生命本是如此珍贵，当爱惜。我们不再说话，一起看湖。眼睛里，一片一片的蓝，相互辉映交融。那是湖的蓝，天的蓝，广阔无垠。

祖母的葵花

我总是要想到葵花，一排一排，种在小院门口。

是祖母种的。祖母侍弄土地，就像她在鞋面上绣花一样，一针下去，绿的是叶，再一针下去，黄的是花。

记忆里的黄花总也开不败。

丝瓜、黄瓜是搭在架子上长的。扁扁的绿叶在风中婆娑，那些小黄花，就开在叶间，很妖娆地笑着。南瓜多数是趴在地上长的，长长的蔓，会牵引得很远很远。像对遥远的他方怀了无限向往，蓄着劲儿要追寻了去。遥远的他方有什么？一定是爱情。我相信南瓜是一个痴情女子，在一路的追寻中，绽放大朵大朵黄花。黄得很浓艳，是化不开的情。

还有一种植物，被祖母称作“乌子”的。它像爬山虎似的，顺着墙角往上爬，枝枝蔓蔓都是绿绿的，一直把整座房子包裹住了才作罢。忽一日，哗啦啦花都开了，远远看去，房子插了满头黄花呀，美得让人心疼。

最突出的，还是葵花。它们挺立着，情绪饱满，斗志昂扬，迎着太阳的方向，把头颅昂起，再昂起。小时候我曾奇怪于它怎么总迎着太阳转呢，伸了小手，拼命拉扯那大盘的花，不让它看太阳。但我手一松，它弹跳一下，头颅又昂上去了，永不可折弯的样子。

凡·高在1888年的《向日葵》里，用大把金黄来渲染葵花。画中，一朵一朵葵花，在阳光下怒放。仿佛是“背景上迸发出的燃烧的火焰”。凡·高说，那是爱的最强光。在颇多失意颇多彷徨的日子里，那大朵的葵花，给他幽暗沉郁的心，注入最后的温暖。

我的祖母不知道凡·高，不懂得爱的最强光。但她喜欢种葵花。在那些缺衣少吃的岁月里，院门前那一排排葵花，在我们心头，投下最明艳的色彩。葵花开了，就快有香香的瓜子嗑了。这是一种很香的等待，这样的等待很幸福。

葵花结籽，亦有另一种风韵。沉甸甸的，望得见日月风光在里头喧闹。这个时候，它的头颅开始低垂，有些含羞，有些深沉，但腰杆仍是挺直的。一颗一颗的瓜子，一日一日成形，饱满，吸足阳光和花香。葵花成熟起来，蜂窝一般的。祖母摘下它们，轻轻敲，一颗一颗的瓜子，就落到祖母预先放好的匾子里。放在阳光下晒，会闻见花朵的香气。一颗瓜子，原是一朵花的魂啊。

瓜子晒干，祖母会用文火炒熟，这个孩子口袋里装一把，那个孩子口袋里装一把。我们的童年就这样香香地过来了。

如今，祖母老了，老得连葵花也种不动了。老家屋前，一片空落的寂静。七月的天空下，祖母坐在老屋院门口，坐在老槐树底下，不错眼地盯着一个方向看。我想，那里，一定有一棵葵花正开放，开在祖母的心里面。

像菜花一样幸福地燃烧

油菜花开了，不多的几棵，长在人家檐下的花池里。这是城里的油菜，绝对不是长着吃的，而是长着看的。

跟他说，菜花开了呢。他一脸惊喜，说，找个时间看菜花去。这是每年，我们的出行里，最为隆重的一节。

不知从什么时候起，城里人兴起看菜花热，每年春天，都成群结队的，追到城外看菜花。一些地方的菜花，因此出了名，譬如江西婺源的菜花，云南罗平的菜花。

有一年秋，我对婺源着了迷，收拾行装准备去。朋友立即劝阻，说，你现在不要去呀，你等到春天再去呀，春天有菜花可看呢。笑着问他，婺源的菜花，怎样的好看？他说，一望无际燃烧呀，就那样燃烧呀。

笑。哪里的菜花，不是这样燃烧着的？所有的菜花，仿佛都长了这样一颗心，热情的，率真的。一朝绽开，满腔的爱，都燃成艳丽。有坡的地方，是满坡菜花，有田的地方，是满田菜花。整个世界，亲切成一家。

我是菜花地里长大的孩子。故乡的菜花，成波成浪成海洋。那个时候，房是荡在菜花上的，人是荡在菜花上的。仿佛听到哪里噼啪作响，花就一田一田开了。大人们是不把菜花当花的，他们走过菜花地，面容平静。倒是我们小孩子，看见菜花开，疯了般地抛洒快乐。没有一个乡下的女孩子，发里面没戴过菜花。我们甚至为戴菜花，编了歌谣唱："清明不戴菜花，死了变黄瓜。"现在想想，这歌谣唱得实在毫无道理，菜花与黄瓜，哪跟哪呀。可那时唱得快乐啊，蹦蹦跳跳着，死亡是件遥远而模糊的事，没有悲伤。一朵一朵的菜花，被我们插进发里面，黄艳艳地开在头上。

也去扫坟。那是太婆的坟，坟被菜花围着，是黄波涛里荡起的一斗笠。想太婆日日枕着菜花睡，太婆是幸福的罢。感觉里，不害怕。

这个时候，照相师傅背着照相器材下乡来了。他走到哪个村子，哪个村子就过节般的热闹。女人们的好衣服都被翻出来了，穿戴一新地等着照相。背景是天然的一片菜花黄，衬得粗眉粗眼的女人们，一个个娇媚起来。男人看女人的目光，就多了很多温热。我祖母是不肯我们多多拍照的，说那东西吸血呢。但她自己却忍不住也拍了一张，端坐在菜花旁，脸笑得像朵怒放的菜花。

读过一首写菜花的诗，极有趣："儿童疾走追黄蝶，飞入菜花无处寻。"诗里，调皮的孩子，追逐着一只飞舞的蝴蝶。

蝶儿被追进菜花丛，留下孩子，盯着满地的菜花在寻找，哪一朵菜花是那只蝶呢。

张爱玲的外国女友炎樱，曾说过一句充满灵性的话："每一只蝴蝶，都是从前的一朵花的鬼魂，回来寻找它自己。"若果真如此，那满世界的菜花，该变成多少的蝶？这实在是件美极的事。

菜花开得最好的时候，我选了一个大晴天，和他一起去乡下看菜花。一路观着菜花去，一路看着菜花回，心情好得菜花似的，幸福地燃烧。这个时候想的是，就算生命现在终止，我们也没有遗憾了，因为我们深深爱过，那一地的菜花黄。

听　荷

去听荷吧，选一个月夜。月亮还不那么丰满，它还处在它的童年，像一瓣细小的白菊，飘在天上，朦胧着，这个时候，最好。

荷开得刚刚好。是满塘开着的。月色清浅，满塘的荷，是墨色染成的一朵朵，与田田的叶，融为一体。与青碧的水，融为一体。与整个整个的夜色，融为一体。天空与大地，从没这么亲密过吧，你是我，我也是你。

塘——城里少见了。这口塘因小城大面积搞绿化，策划者中不知是谁拥有一颗诗意的心，在绿化带中，给挖出来的。周围遍植垂柳，塘里养荷。离塘不远的是桃园。再过去一些，是梨园。接着是桂花园、蜡梅园。这里便成了小城绝美的去处，春有桃花梨花，夏有荷花，秋有桂花，冬有蜡梅，季季有花，日日有好。

盛夏里，塘里的荷自然唱了主角，在层层涌现叠起的绿中间，荷一朵一朵，悄然盛开，如一阕阕小令。哪里能瞒得住风的耳朵？十里八里之外，风都能听到荷轻轻绽放的声音。风跑过来，拂过一朵一朵的花，把荷的清香，洒得四下飞溅。人闻到，一个愣神，啊，荷花开了。平淡的日子里，陡添一重欢喜，看荷去吧。

人家院子里有缸，缸里种荷。那荷也是顶守时的，六月的风一吹，它就开始踮起脚尖，一点一点，从浓密的叶间，探出一张张粉脸，顾盼生姿。荷的主人与人闲话，总似不经意添上一句，我家的荷开了。也引了三朋四友，以赏荷的名义，来家里小酌几杯。俗世的庸常里，就有了几分小雅。

——这样看荷，自是热闹的。而月夜听荷，则是另一番情趣。在塘边，随便挑一块草地，坐下。周遭静，纯粹的静。各种声息，浮游上来，像小花猫的脚尖，于午夜时分，轻轻踩过屋上的瓦片。那是露珠滑落的声音。草叶舒展的声音。风在轻喃的声音。虫在欢唱的声音。荷在绽放的声音。满塘墨色的荷的影，你映着我的，我映着你的。你想起古人写它，“水面清圆，一一风荷举”，又或是，“满塘素红碧，风起玉珠落”，哪里又能描尽它的丰姿？你想用千万个好来夸它，一时又无从说起。

荷在轻轻吐香，你甚至听到它们的心跳。开尽的正在话别，下一场花开再相见。含苞的“啪”一声怒放，花蕊间，盛满思念的味道。待到白天，晴空暖日，人看到一塘的荷，仿佛从未曾少过哪一朵，谁知它们，早已在暗夜里完成了交接。

心中突然涌起感动，满满的。掉头看身边那个人，夜色里看不清他的样子，可是，他的呼吸就在耳边。岁月里还要什么山盟与海誓？能陪你来听这场荷，已经足够了。你伸手握他的手，什么话也没说。懂的，都懂的。

远远的灯光，辉煌得像满天星斗，那里，有家。这里，荷与月色尽享安宁，仿佛尘世尽头。而我们，终归要回到那热闹中去，内心却泊着一汪恬淡的水，有墨色的荷，在暗暗喷着香。以后再以后的日子，即便走过了千重山万重水，也一定记得这样一个月夜，我们一起来听荷。

月亮天

我要对此刻的天空说点什么才好。

此刻，晚上八九点。月亮升得很高了，天空澄澈得仿若一潭湖水。一两颗星子，是水里面游着的小鱼，轻盈又活泼。

万物经过一春的盛放、一夏的喧闹，渐渐各归其位。这很像一场繁华演出，高潮已过，终到谢幕。于演员也好，于观众也好，都得到了各自所需的，心满意足了。灯光也就一盏一盏熄灭了，站起身，掸掸衣，都回家睡觉去吧。

虫鸣声藏起来了。桂香藏起来了。偶有一两片树叶飘落，声音便格外的响，嘎嚓，嘎嚓。我以为，那是树的心跳声。天与地，都安静下来，撤除防御，卸下武装，裸露着一颗心，让月光晾晒。人在这样的月亮天里走着，容易模糊了时间，模糊了地域，模糊了生死界限。岁月无垠，有亘古况味的感觉。

有时，安静的力量，要远远大于喧哗。

月亮似硕大的花朵，开在天上。你说是朵白莲，像。说是朵白菊花，像。我要说，它更像一朵白牡丹，富贵雍容得不行。也只有这个时候的月亮，才当得起这“雍容”二字吧。月白风清，也说的是这样的时刻吧？

清代德隐说：“对此怀素心，千里共明月。”我很喜欢他说的这个“素心”。经月光的洗濯，再染尘的心，怕也会明净起来的吧。那怀着素心之人，一个一个，在月下重逢了。“晨兴理荒秽，带月荷锄归”，那是归隐田园的陶渊明；“我歌月徘徊，我舞影零乱”，那是洒脱狂放的李白；“从今若许闲乘月，拄杖无时夜叩门”，那是奢望和平安宁的陆游。吕洞宾也来了，他带着一个小牧童而来，“归来饱饭黄昏后，不脱蓑衣卧月明”。月光为毯、为被，那小牧童酣睡的样子，实在动人。

我的童年，便也跟着奔跑而来。这样的月亮天，我们在屋里铁定是待不住的。出门去，游戏多着呢，弹玉球，拍火花，跳房子，踢毽子，跳绳。或用长棉线扯着一片破塑料纸，沿着田间小路，呼呼地往前冲。想象着自己是举着一面旌旗呢，正率领着千军万马。

大人们闹不懂我们为什么这么“疯”，总要责骂，大半夜的，还不睡觉，魂丢外面去啦！他们说对了，我们的确把魂丢在外面了，丢在那片月色里了。我们总要玩到月亮西沉，才回到屋内去睡。一时三刻却睡不着，眼睛睁得大大的，看着窗外的月亮天，瞎兴奋。哦，这样的月亮天，能不叫人快乐嘛！

我在路边亭子里的石凳上坐下来。有凉意穿透衣衫，直抵我的肌肤。但也只是一小会儿，我的体温，就让石凳变暖和了。——只要你捧出足够的温度，纵使石头，也会被焐暖。人与人的关系，人与物的关系，莫不如是。

难得碰见孩子了。现在的孩子，都被关在密封的房子里，少了在月下追逐的野趣。他们怕是连月亮长什么样，也不大说得清的。一对散步的老夫妇，并排走着，喁喁地说着话，从我身边走过去。他们的发上、肩上，落满白花瓣一般的月光。我微笑着，目送他们，直到他们彻底与一片月色，融合到一起。

菊有黄花

一场秋雨，再紧着几场秋风，菊开了。

菊在篱笆外开，这是最大众最经典的一种开法。历来入得诗的菊，都是以这般姿势开着的。一大丛一大丛的。倚着篱笆，是篱笆家养的女儿，娇俏的，又是淡定的，有过日子的逍遥。晋代陶渊明随口吟出那句“采菊东篱下”，几乎成了菊的名片。以至后来的人们，一看到篱笆，就想到菊。唐朝元稹有诗云：“秋丛绕舍似陶家，遍绕篱边日渐斜。”秋水黄昏，有菊有篱笆，他触景生情地怀念起陶翁来。陶渊明大概做梦也没想到，他能被人千秋万代地记住，很大程度上，得益于他家篱笆外的那一丛菊。菊不朽，他不朽。

我所熟悉的菊，却不在篱笆外，它在河畔、沟边、田埂旁。它有个算不得名字的名字：野菊花。像过去人家小脚的妻，没名没姓，只跟着丈夫，被人称作吴氏、张氏。天地洞开，广阔无边，野菊花们开得随意又随性。小朵的，清秀，不施粉黛，却色彩缤纷，红的黄的，白的紫的，万众一心、齐心合力地盛开着，仿佛是一群闹嚷嚷的小丫头，挤着挨着在看稀奇，小脸张开，兴奋着，欣喜着。对世界，是初相见的懵懂和憧憬。

乡人们见多了这样的花，不以为意，他们在秋天的原野上收获、播种，埋下来年的期盼。菊花兀自开放、兀自欢笑。与乡人各不相扰。蓝天白云，天地绵亘。小孩子们却无法视而不见，他们都有颗菊花般的心，天真烂漫。他们与菊亲密，采了它，到处乱插。

那时，家里土墙上贴着一张仕女图，有女子云鬓高耸，上面横七竖八插满菊，衣袂上，亦沾着菊，极美。掐了一捧野菊花回家的姐姐，突发奇想帮我梳头，照着墙上仕女的样子。后来，我顶着满头的菊跑出去，惹得村人们围观。“看，这丫头，这丫头。”他们手指我的头，笑着啧啧叹。

现在想想，那样放纵地挥霍美，也只在那样的年纪，最有资格。

人家的屋檐下，也长菊。盛开时，一丛鹅黄，另一丛还是鹅黄。老人们心细，摘了它们晒干，做菊花枕。我家里曾有过一只这样的枕头，父亲枕着。父亲有偏头痛，枕了它能安睡。我在暗地里羡慕过，曾决心给自己也做一只那样的枕头。然而来年菊花开时，却贪玩，忘掉了这事。

年少时，总是少有耐性的。于不知不觉中，遗失掉许多好光阴。

周日逛街，秋风已凉，街道上落满梧桐叶，路边却一片绚烂。是菊花，摆在那里卖。泥盆子装着，一只盆子里只开一两朵花，花开得肥肥的，一副丰衣足食的模样。颜色也多，姹紫嫣红，千娇百媚。却还是喜黄色。《礼记》中有“季秋之月，菊有黄花”的记载，可见，菊花最地道的颜色，是黄色。

我买了一盆，黄的花瓣，黄的蕊，极尽温暖，会焐暖一个秋天的记忆和寒冷。

闻　香

这几天，天一擦黑，我就出门。

我要闻香去，植物们的香。

闻香，白天自然也可以，但我以为，不够味。白天的喧嚣和芜杂太多，人与植物，都有些心猿意马。到了夜晚却全然不一样了，夜幕一经四合，再多的斑斓和热闹，也都迅速消融、沉淀下去，植物们的气息，浮游上来，纯粹、洁净、甜蜜，心无旁骛。

比方说现在，夜色拌调，再蘸上夜风几缕，虫鸣几声，秋露几滴，外面的香，便越发的浓情蜜意起来。勾人魂。

这是秋天精心烹饪的一道大餐，“弹压西风擅众芳，十分秋色为伊忙”，偌大一个天地，都在喷着香、吐着甜。像刚出炉的蜂蜜糕。

对了，是桂花开了。

一出楼道口，花香就兜头兜脸地扑过来。我明明是有准备着的，还是觉得被它偷袭了，脚步欢喜得一个趔趄，哎，多好多好啊，是桂花哎。

小区里也不过植着三两棵桂花树，就香得无孔不入前赴后继的了。晚上，在小区里散步的人明显多了起来，人影绰绰。他们在花香铺满的小径上，来来回回地走，语声喁喁，搅动得花香一波波流淌。我想，他们定也和我一样，闻着香的，有些贪恋。

总要忆起好几年前，也是这样的秋季，我远在秦岭深处，入住半山腰的一幢民房里。入夜，山像死去般寂静、空落，让我颇是不安，久久难以入眠。就在辗转反侧之际，突然有花香破窗而入，甘甜黏稠，缠绵缱绻，那熟悉的气息，让我在一瞬间安了心。他乡遇故知啊，我微笑起来，深呼吸，再深呼吸，渐渐的，在花香里沉沉睡过去，一夜无梦。

晨起，我看到离屋子不远的地方，站着一棵桂花树，醇厚的绿叶间，撒落金粟点点。暗香浮动，静水流深。

“寸心原不大，容得许多香。”这是桂花的好品德。花品如同人品，宽容、大度、热情、善良，这些加在桂花身上，都配得。

它也总要开到秋末，把秋天完美地送走，才默默退隐江湖。想想还有一些日子的桂花香可闻，我就幸福得很了。

书香作伴

年少的时候，我曾热切地做过一个梦，一个有关书的梦：开一家小书店，抬头是书，低头还是书。

那时家贫，无钱买书。对书的渴望，很像饥寒的人，对一碗热汤的渴盼。偶尔得了几枚硬币，不舍得用，慢慢积攒着，等有一天，走上几十里的土路，到老街上去。

老街上，最诱惑我的，不是酸酸甜甜的糖葫芦，不是香香喷喷的各色糕点，不是喜欢的红绸带，而是小人书。小人书是一个中年男人的，他把书摊摆在某棵大树下，或是巷道的拐角处。书大多破旧得很了，有的甚至连封面都没了，可是，有什么关系呢？它们在我眼里，是散着馨香的。我穿过川流的人群奔过去，我穿过满街的热闹奔过去，远远望见那个男人，望见他脚跟前的书，心里腾跳出欢喜来，哦，在呢，在呢。我扑过去，蹲在那里，租了书看，直看到暮色四合，用尽身上最后一枚硬币。

读小学时，我的班主任家里，订有一些报刊，让我垂涎不已。班主任跟我父亲是旧交，凭着这层关系，我常去他家借书看。他对书也是珍爱的，一次只肯借我一本。有时夜晚，借来的书看完了，我又想看另外的。这种欲望一旦产生，便汹涌澎湃起来，势不可当。怕父母阻拦，我偷偷出门，跑去班主任家，一个人走上五六里的路。乡村的夜，空旷得无边无际，偶有一声两声狗吠，叫得格外突兀，让人心惊肉跳。我看着自己小小的影子，在月下行走，像一枚飘着的叶，内心却被一种幸福，填得满满的。新借得的书，安静在我的怀里，温良、敦厚，让我有满怀的欢喜。

多年后，我想起那些夜晚，还觉得幸福。母亲惊奇，那时候，你还那么小，一个人走夜路，怎么不晓得害怕？我笑，我那时有书作伴呢，哪里想到怕了？那样的月色，漫着，水一样的。一个村庄，在安睡。我走在村庄的梦里面，怀里的书，散发出温暖亲切的气息。

上高中时，语文老师清瘦矍铄，爱书如命。他藏有一壁橱的书。我憋足了劲学好语文，只为讨得他欢喜，好开口问他借书。他也终于答应我，我想读书时，可以去他家借。

他家住在老街上，很旧的平房，木板门上的铜环都生锈了。屋顶上黛青色的瓦缝里，长着一蓬一蓬的狗尾巴草。这样的房子，在我眼里，却如童话中的小城堡，只要打开，里面就会蹦跳出无数的美好来。

是四五月吧，他屋门前的一棵泡桐树，开了一树紫色的桐花，小花伞似的，撑着。我去借书，看到他在树下坐着，一人，一椅，一本书。读到高兴处，他抚掌大叹，妙啊！

他孩子气的大叹，让我看到人生还有另一种活法：单纯，洁净，桐花一般地美好着，与书有关。

后来，我离开老街，忘了很多的人和事，却常不经意地会想起他：一树的桐花，开得摇摇欲坠，他在树下端坐。如果我的记忆也是一册书，那么，他已成一枚书签，插在这册书里面。

而今，我早已拥有了自己的书房，也算实现了当初的梦想——抬头是书，低头还是书。若是外出，不管去哪里，我最喜欢逛的，定是当地的书店和书摊。

午后时光，太阳暖暖的，风吹得漫漫的，人在阳台上小憩，随便从书架上抽出一本书，摊膝上，风吹哪页读哪页。如果书也是一朵花，我这样想象着，如果是的话，那么，风吹来，随便吹开的一页，那一页，便是盛开的一瓣花。

人、书、风，就这样安静在阳光下，安静在岁月里，妥帖，脉脉温情。

秋天的黄昏

城里是没有黄昏的。街道的灯，早早亮起来，生生把黄昏给吞了。

乡下的黄昏，却是辽阔的、博大的。它在旷野上坐着；它在人家的房屋顶上坐着；它在鸟的翅膀上坐着；它在人的肩上坐着；它在树上、花上、草上坐着，直到夜来叩门。而一年四季中，又数秋天的黄昏，最为安详与丰满。

选一处河堤，坐下吧。河堤上，是大片欲黄未黄的草。它们是有眼睛的，它们的眼睛，是麦秸色的，散发出可亲的光。它们淹在一片夕照的金粉里，相依相偎，相互安抚。这是草的暮年，慈祥得如老人一样。你把手伸过去，它们摩挲着你的掌心，一下，一下，轻轻地。像多年前，亲爱的老祖母。你疲惫奔波的心，突然止息。

从河堤往下看，能看到大片的田野。这个时候，庄稼收割了，繁华落尽，田野陷入令人不可思议的沉寂中。你很想知道田野在想什么，得到与失去，热闹与寥落，这巨大的落差，该如何均衡？田野不说话，它安静在它的安静里。岁月枯荣，此消彼长，焉有得？焉有失？不远处，种子们正整装待发，新的一轮蓬勃，将在土地上重新衍生。

还有晚开的棉花呢。星星点点的白，点缀在褐色的棉枝上，这是秋天最后的花朵。捡拾棉花的手，不用那么急了。女人抬头看看天，低头看看花，这会儿，她终于可以做到从容不迫，稻谷都进了仓，农活不那么紧了。她细细捡拾棉花，一朵一朵的白，落入她手里。黄昏下，她的剪影，就像一幅画。

你的眼睛，久久落在那些白上面，你想起童年，想起棉袄、棉鞋和棉被。大朵大朵的白，摊在屋门前的篾席上晒。你在里面打滚儿，你是驾着白云朵的鸟。玩着玩着，会睡着了，睡出一身汗来。——棉花太暖和了啊。

最开心的事是，冬夜的灯下，母亲把积下的棉花搬出来，在灯下捻去里面的籽儿。你也跟在后面捻，知道有新棉鞋新棉袄可穿，心先温暖起来。那时，你的世界就那么大，那时，一个世界的幸福，都可以被棉花填得满满的。

人生因简单因单纯，更容易得到快乐。你有些惆怅，因为，现在的你，离简单离单纯，越来越远了。

竟然还见到老黄牛。不多见了啊。人和牛，都老了。他们在河堤上，慢慢走。身上披着黄昏的影子。人的嘴里哼着“呦喝”“呦喝”。——歌声单调，却闪闪发光。牛低着头，不知是在倾听，还是在沉思。你想，到底牛是人的伙伴，还是人是牛的伙伴？——相依为命，应该是尘世间最不可或缺的一种情感吧。

鸟叫声在村庄那边，密密稠稠，是归巢前互道晚安呢。村庄在田野尽头，一排排，被黄昏镀上一层绚丽的橙色，像披了锦。炊烟升起来了，你家的，我家的，在空中热烈相拥，久久缠绵。还是村庄好，总是你中有我，我中有你。不设防。

突然听得有母亲的声音在叫："小雨，快回家吃晚饭啦——"你忍不住笑，原来不管哪个年代，都有贪玩的孩子。

周遭的色彩，渐渐变浓变深。身下的土地，渐渐凉了，你也该走了。再贪恋地望一眼这秋天的夕阳，它一圈一圈小下去，小下去，像一只红透的西红柿，可以摘下来，炒了吃。

风知道

一

长得好好的文竹，一些日子后，竟莫名其妙枯死。

我试过一盆，又试过一盆，均是如此。

我百思不解，去请教花农。

花农扫一眼我枯死的文竹，说，它不是缺水，也不是缺肥，它是缺风了。

缺风？

我怔住。这新鲜的说法，我还是第一次听到。

花农解释，你一定是把它放在了室内，很少通风，它是被闷死的。

哦。我看到他的小屋门前，一盆盆凤仙花，在风中盛开着，精神抖擞，喜笑颜开。

万物生长，都离不开风的。这个常识，却被我们天长日久地忽略着。

二

我站在一座桥上，等风。

夏天的夜晚，风捎来太多的好意，草木的清香、露珠的清凉、虫子们的欢唱，还有，幽深幽深的静谧。

多年前，我还是个小小的女孩时，住在乡下。每个夏天的夜晚，我们早早搬出纳凉用的凳子，坐在外面，等风来。

我们在门口的晒场上等风。晒场边上，长南瓜、丝瓜、向日葵，还长青椒和茄子。不远处，稻田里的水稻们，已沸沸扬扬开着粉色的碎花。蛙们齐齐演奏，如吹萨克斯。

风来，步子迈得碎碎的。摇落一些花朵、露珠，伴着虫子的叫声，轻且温柔。

乡人们手把蒲扇，眼望着繁星密布的夜空，有一搭没一搭地扇着扇子，聊着天。风拂过他们黝黑的脸庞、胳膊和腿，他们很感激地轻叹一声，多好的风啊。白天再多的劳累和不堪，也被那样的风抚平了。人与人之间，即便有过芥蒂，也都能原谅了。

夜过半，他们满足地拍拍被风吹凉的身子，道声别，各回各的家去睡。一阵风，也跟着他们走进屋子去。

真怀念那样的夏夜，风自在，人安好，岁月不惊。

三

我把从海南带回的一只贝壳风铃，挂在屋门口。

一阵风来，风铃发出欢快的鸣唱。

我出门时，它在欢唱。我进门时，它在欢唱。

风不停，它的歌声就不会停。

我走过它身边，会自觉不自觉地抬头看看它，看着看着，就微美起来。那日的沙滩、海浪、椰子树，和邂逅的陌生人，一一涌现。

没有谁的记忆，比风的记忆更长久。我们以为过去发生的许多事，过去就过去了，了无痕迹。其实，风都给细细收着呢。

受伤了，不妨去风里走走。

风知道一个人的疼痛，有多深。

眼泪掉进风里面。

风默默接纳、倾听，并一一替你拭干。

哦，只要天不塌下来，就没什么大不了的。在风里静静待一会儿吧，哭一哭，就好了。

风同样知道一座山、一块石头、一堵墙、一幢老房子的秘密。

我们说，是时间削平了所有。我们在“消失”面前，惘怅、悲伤，不能自已。

这个时候，风躲在一旁窃笑。哦，这世上，哪里有真正的消失呢？所有的秘密，悉数被它带走了。

风最后也会把我们带走。

我们从风里来，最终，都将回到风里去。

四

季节的秘密，瞒不过风。

春天，哪棵小草先发芽，风知道。秋天，哪片树叶要凋落，风知道。

风唤来雪花的时候，是很冷的冬天了。

风送走最后一朵蔷薇的时候，夏天的蛙和蝉，开始断续地叫起来。

风知道一座山的前身是什么。风知道一条河流，为什么瘦了。

风知道什么样的鸟，会唱什么样的歌。

风知道天空中的哪弯彩虹，藏在了雨的后面。

风把一粒种子，从一个地方带到另一个地方。风把岁月，从远古的洪荒年代，带到今天，且带向无限去。

岁月再久，哪里久得过风？

世界再大，哪里大得过风？

在遥远的莫尔道嘎，我对着一丛野玫瑰发愣。山坡上放牛的妇人笑着对我说，只等南风一吹，这野玫瑰就全开了，可好看呢。

在人迹罕至的荒野河畔，我遇到故乡的苇和蒲，还有枸杞和刺儿草。几千里之外，它们惹得我的眼睛，一阵阵发热。

风轻轻走过它们身边，不动声色。

云　踪

一直喜欢听陈悦演绎的音乐作品。近些年来，她越发历练成精了，只要是她演奏的曲子，我不用看说明介绍，一听，就知是她的。一管箫或一支笛子在手，世间的悲欢离合爱恨情仇，便都在她的音符里翻飞。青衫素花，道阻且长，上下求索，人世间种种的追寻、探问、相聚和别离，九曲回肠，直逼你心灵最隐蔽处。所以，听她的曲子，容易中毒，又极安魂。

比如，她的《云踪》，笛子演奏的，钢琴作为底子。

曲子开头的一段钢琴铺垫，就不同寻常。如天光开启，如山泉溢出，如小鸟轻振羽翼。随后，陈悦的笛声响起，几乎没有丝毫犹豫，一下子就是风起云涌，波涛澎湃，感觉很突兀。我记得我初次听到，是在回家的路上。那是一个冬日，天边的云霞们在道着晚安，已是暮色四起了。这首曲子，从路边的一家卖水果的小店里飘出。水果店胖胖的老板娘，裹在一圈橘色的暮光里。当陈悦抚笛而歌时，再看那老板娘，与往日竟有着大大的不同，似乎举手投足间，都有着云的影子在飘荡。我当即怔在那里，有些发蒙，不知道哪里被狠狠撞了一下，有些莫名的感觉。觉得忧伤，又有着疼痛的欢娱。

云有踪吗？当然有。世事万物，都各有其来处和去处，只不过我们身处其中，常觉茫然。到底人过于渺小，这世界，太大了。

乐曲似一只大鸟在飞。它飞过连绵的山，飞过辽阔的草原，飞过茫茫的戈壁滩，前尘过往，皆无影踪，不可追了。它却执着地要寻，要问，生有何欢，死有何惧？四周寂寞，无有回应。只有天上的云，投射下一抹淡的影。

宋代刘镇笔下的那个不知名姓的女子，独立于冷水桥畔，于疏风淡月中，备尝相思。“白头空负雪边春，着意问春春不语”—— 一年春色又起，她却相思白了头。情意虚掷，“流水行云无觅处”，怎不叫人伤感！自古多情总被无情误，情路之上，有多少人能善始善终？云聚云散，原都有定数。然却前赴后继，义无反顾。或许，这就是人世间的爱情吧。虽是粉身碎骨白头空负，但我愿意！

这曲又似白发的老人，独坐太阳底下，不争不恼，不怒不悲，如老僧禅定。他脸上的皱纹里，息着阳光的碎影。一生奔波，浮浮沉沉，喜怒欢悲，尽数收起了，他终能淡定地坐看云起时。岁月最终教会我们的，是自己跟自己握手言欢。

朋友小巫，年轻时因迷恋音乐，学业未满，就一个人跑去深圳，抱着一把破吉他，四处去兜售他的音乐。最彷徨无助的时候，他的口袋里只剩下几枚硬币，吃饭睡觉都成问题。他用最后一枚硬币，换了一个馒头吃。然后，跟着天上的一片云走，云走到哪里，他就走到哪里。最后，云把他带到一个建筑工地上，他在那里搬了两个月的砖，晒脱掉一层皮。后来他事业有成，回忆起这段经历时说，真感谢那片云。有时命运如岩缝里的草，你没有退路，必须挣脱出来，才能看到天光云影，迎来日朗风轻。

他的经历，让我渐渐养成了一个习惯，喜欢不时抬头看天，看看天上的云，又走到哪里了。有一个夜晚，我又抬头看天，却没有看到一丝云。那些云，跑去哪里了？我犯了倔脾气，非要等到它们出来不可，就站着傻等。后来，月亮升起来，云突然全都跑出来，簇拥在月亮身旁，做了月亮的温床。

那一晚，我待在露天里，很久。直到月亮，被云朵抱回家去。这样的记忆，每次回味起来，都很有意思。他年若是有幸，我将择一乡间小屋而居，门前长花，屋顶上养云。

那一夜，星光如许

那时，真是羡慕她。

我们一群乡下孩子，进城来高考，独自背着简单的行李，无人相送。只她身边，有父亲和上小学的弟弟陪着，前呼后拥的，让穿着一袭白裙子的她，公主般地高贵着。

我们入住在招待所。楼下是喧闹的农贸市场，各种买卖的声音，不时灌进耳里来。书是看不进去的，我们伏在窗口，望这个城。城市斑斓，犹如万花筒。我们在心里发着狠，等我们考上了，跳出“农门”，将来也要来这城里住。到那时，我们一天要逛两遍街，把这斑斓悉数看尽。

楼下，一溜排开的水果摊子，红瓤的西瓜，被劈成两半，摆在那儿当招牌。青皮红嘴的桃，堆得尖尖的，望得见甜蜜在里头。——真想吃啊。手头却是拮据的。——在地里苦活的父母，还顶着烈日在劳作，让我们也舍不得如此奢侈。

一回头，就看见了她的父亲和弟弟，一人手里抱着一个大西瓜，一人手里提着一袋桃，上楼来了。我们暗暗想，真是有钱人哪。她父亲很快切好西瓜，洗好桃，给她送过去。其时，她正一边坐在楼道口吹风，一边胡乱地翻着一本书。父亲细心地剔去西瓜里的黑籽，一块一块，递给她吃。她吃到不想吃了，父亲还小声劝着，再吃两块吧，吃了会凉快些的。

傍晚，我们去盥洗间洗衣服。她父亲也端着一盆衣服去洗，是她刚换下的。她弟弟跟着，却噘着嘴，很不高兴的样子。父亲一边洗衣服，一边和风细雨地对弟弟说，姐姐明天就要高考了，西瓜是要省给姐姐吃的，你要懂事一点，等以后爸爸赚了钱，再给你买。

我们听着，有些诧异，原来，他也不富裕。回到宿舍，有同学不知从哪儿听来的消息，说她十岁那年，亲爸就死了，他不是她的亲爸，是继父，她弟弟才是他亲生的。我们震住，再见到他，就有了说不清的感动。

那个时候，高考还在最热的七月份。半夜里热得睡不着，加上有些紧张，我们干脆爬上露台去乘凉。不一会儿，看见她也上来了，后面跟着清瘦黝黑的他。他竟搬了一张席子来，摊到露台上，让她躺下。她听话地躺下，他坐在一边，给她摇扇子，一下一下，摇得满地星光飞溅。

我们一时间感动得无话可说，抬了头仰望星空。满天的星星，密集的小蝌蚪似的，拥着挤着，闪着光亮，仿佛就要掉下来。身边，他摇动扇子的声音，像轻轻响着的一支歌。夜风有一搭没一搭吹着，一个城，没在一片宁静里。我们暂且忘了高考的紧张，只觉得这样的夜空，是极好的。

多年后，每每有人提及高考，我的眼前，总会晃过她的样子：一袭白裙，公主般地高贵着。清瘦黝黑的他守在一边，把一个父亲能给予的亲情和爱，全都无私地给了她。不知她后来考上了没有。那似乎也不重要了，有他撑着，她的天空，一定少有风雨。

《诗经》里的那些情事

单相思

“关关雎鸠，在河之洲。窈窕淑女，君子好逑。”

这是我从小就会背的诗句，那时背得摇头晃脑，因它的朗朗上口。幼小的心，不懂，却觉得美。有大人开玩笑，这丫头聪明，都会背《诗经》了，做我家的媳妇儿好不好？我仰头脆脆地应，好。哪里知道，自己所背诵的诗里面，是一段刻骨的相思呢。

那应是一处天好地好人好的地方，雨水充足，物草丰美。天高云淡，雎鸠一唱一和地在河两岸叫着，叫得人的心，像吸足了水分的青草啊，轻轻一掐，就是满把的柔情。

年轻男子，相遇到美丽的姑娘了。姑娘在干吗呢？姑娘正在河中央的陆地上采荇菜呢。

隔着半条水域望过去，可以望见姑娘可爱的手臂，不停地左右舞动着，美丽的腰肢，也跟着扭动。年轻男子再也放不下这个姑娘了，“寤寐求之”“寤寐思服”，白天夜里都在想着她啊。他辗转反侧地叹：悠哉悠哉。

我每每读到这里，都要笑出泪来。我想象着那样的夜晚：天黑得很深很深，星星在天上眨眼睛，四周俱寂。远远的，雎鸠的鸣叫传过来，搅得男子的心，更是如擂小鼓。他睡不着，他辗转反侧地长吁短叹，悠哉悠哉。意思是，想啊想啊想啊……长夜难度。

他一定想得形削骨立的。那个被他相思的少女，多么幸福！

他后来，有没有娶到她？

那好像不重要了，重要的是，《关雎》中，他留给我们的相思形象，足足打动了人类几千年。

《泽彼》中的小青年就更有意思了。应该是初夏的天，新蒲长出嫩叶来，池塘里的荷也婷婷。

小青年在池塘边偶然碰见一位姑娘，姑娘长得真是高大健美啊，“有美一人，硕大且卷”，小青年只一眼，就再难相忘。于是相思了，而且不是一般的相思，“寤寐无为，涕泗滂沱”。你看你看，他无论醒着还是睡着，眼前都是姑娘的影子啊，他不知怎么办才好，伤心得一把鼻涕一把眼泪的。

现代人却难以怀上这样的单相思了，爱上谁，电话邮件短消息，轮番轰炸。恋情来得迅速，去得也迅速。今日结束，明日又重新披挂上阵。

那只叫相思的鸟儿，已找不到栖落的枝了。让人惆怅，让人怀念，《诗经》中的那些傻男人们，他们纯洁如白月光的单相思，成了温润心灵的一块琥珀。

热　恋

“青青子衿，悠悠我心。”

这是《子衿》中守在城门楼下的女子，对爱的表白。意思是，你青色的衣领子，也绵绵地牵系着我的心啊。原来，爱上一个人，连他穿的衣，连他佩的饰物，都要爱的。她约了相爱的男子，到城门楼下相会。是约在月上柳梢头么？

天还未黑呢，她可能就梳洗打扮好了，早早来到约会的地方。男子哪里知道她这么早就来了呢，自然没来，她于是焦急徘徊地等，一边想念着，一边跺着脚埋怨着：“纵我不往，子宁不嗣音？”

纵使我不去找你，你也该主动点儿呀，哪怕捎个口信给我也好啊。热恋中的人儿，一分一秒的分离，也觉漫长。所以她挑兮达兮，一日不见，如三月兮。让我们也跟着她着急，替她伸长了脖子眺望，那个穿青衣的男子，来了没？

《褰裳》中的小女子，就爱得更为火辣了，如一锅四川麻辣汤，轻抿一口，那热辣，就直逼人的心窝窝。她把约会的地点，放在一条河边，她站在河这边等着，不知什么缘故，约会中的男子，迟迟没来。

河水缓缓地流着，她一边眺望着河水，一边在心里发着狠："子不我思，岂无他人？狂童之狂也且！"那意思是，本姑娘漂亮着呢，你不爱我想念我，难道就没有他人么？爱我的人排着队候着呢，你这个大傻瓜！每读至此，我都忍不住大笑，这实在是个泼辣可爱的姑娘，如一朵野玫瑰，一朝绽开，那芳香就不管不顾地倾溢出来。

《采葛》则把热恋中的这种等待推向极致，通篇全是一个人的自言自语，却千转万回，缠绵宛转。"彼采葛兮。一日不见，如三月兮！"她与他，因什么原因，而有了短暂别离？

不得而知，只知道姑娘在等他，看到葛草要想到他，看到蒿草要想到他，看到艾草，还是要想到他，从一日不见如三月兮，到如三秋兮，再到如三岁兮，那分分秒秒的时间，多么让人难挨！心爱的人，你什么时候才能来？

热恋中的人，一个世界都可以不要的，眼里心里全是你，纵使你普通得如一株茇茇草，在他（她）的眼里，你也是九天的仙女、骑着白马而来的王子。

我们都曾做过这样的仙女、这样的王子。它使我们在回味人生的时候，有别样的甜蜜和幸福。

等 爱

梅艳芳唱的《女人花》，我怕听。她唱得实在太哀婉悱恻，应了她的人生。像秋夜里的一滴露，“啪嗒”一声，滴落在心头，内心顿时一片荒凉。是啊，花开不多时，堪折直须折，女人如花花似梦。

几千年前，有个少女，在《诗经》里，也是这般唱着的。这个少女唱的不是花，她唱的是梅子：“摽有梅，其实七兮。求我庶士，迨其吉兮。”

这个时候，她还青春年少，她提着筐子，徜徉在梅树旁，树上的梅子，已黄熟了，在纷纷落。地上三分，树上七分。少女望着梅树上的梅子，联想到她自己，青春也是那梅子啊，眨眼间，就熟了，就掉了，她却还没有意中人。她有些害羞地唱，喜欢我的小伙子啊，你快趁着青春好时光来找我呀。

可是，爱她的人，却没有来。树上的梅子眼看着掉到只剩三分了，她焦急地唱，求我庶士，迨其今兮。也就是说，喜欢我的小伙子啊，你不要再等了，你今天就来吧。满树的梅子，终于落尽，她的青春也快要过去了，她还是没等来爱她的人。

她无奈地唱，求我庶士，迨其谓之。她不再幻想谈一场缠缠绵绵的恋爱了，来不及了，来不及了，如果有小伙子现在喜欢她，就可以直接订下婚约把她娶回家的。

通篇《摽有梅》，不着悲凉，却字字凉透。等爱的心，看不见被谁伤了，却被伤得千疮百孔。

我认识一好女子，三十多了还未嫁。当初也曾有男孩，死心塌地地爱过她，她没有接受，她想等等再说。这一等，就等到花瓣凋落。我对她说，找个好人嫁了吧。她一脸无奈地看着我，说，我也想啊，可是，到哪里去找呢？

替她感伤。好男人早在青春的路上，被人劫持了。尘世的缘分，原都是一场花开，花期过了，花事也就尽了。

盼　归

很早就知道“首如飞蓬”这个成语，但不知道，首如飞蓬竟是出自《诗经》中的。

当有一天，我翻到诗经中《伯兮》这一篇，我的眼睛在首如飞蓬上停住了，我实在吃惊于首如飞蓬的背景，竟是一个女人盼丈夫归的。

“自伯之东，首如飞蓬。岂无膏沐，谁适为容”，女人的丈夫，从军远征去了，女人想他，想得无心打扮，致使头发如风吹乱的枯草一样堆在头上。不是没有很好的润发油啊，只是我打扮了给谁看呢？

长期的思念，使她心头郁结满了忧伤。这样深刻的想念，实在让人动容！

我想起一个妇人来，妇人的丈夫，早年去台湾，一直未归，留妇人孤身一人。妇人终年一件蓝布褂，头发乱草堆似的堆在头上，脸色灰暗，不言不语地走路，干活。小孩们背后都叫她疯婆子。

这样一个疯婆子，某一天，却突然打扮得光艳照人，大红的线衣穿在身上。已灰白了的发，被抿得纹丝不乱。原来，她去台湾的丈夫回来看她了，她为他，梳妆打扮。大家叹，她原来也是这么好看的啊。

一周之后，她丈夫却归台，在那里，他早已另娶了太太。妇人什么话也没说，折叠起大红的线衣，换上她的蓝布褂，重又陷入一个人的“首如飞蓬”里。

这样的盼归，在另一篇《风雨》中，终于有了完满结局。

“风雨凄凄，鸡鸣喈喈”，外面风大雨大，鸡们在不安地鸣叫，女人的丈夫，出门未归。他出外多久了？或许十天，或许半个月。女人不眠，为他提着一颗心，这么大的风，这么大的雨，亲爱的人啊，你是否被风吹着了，被雨淋着了？

女人因此想得害了病。就在这时，奇迹出现了，女人的丈夫竟冒着风雨突然归来。那巨大的惊喜，哪里能形容呢？

女人只呆呆地看着他，说一句：“既见君子，云胡不夷！”哦，亲爱的，你回来了，我也就心安了。

当确信眼前的这个人，真的就是她亲爱的丈夫啊，女人抚摸着丈夫的脸，终于喜极而泣，“既见君子，云胡不喜！”纵使外面天崩地陷，又何妨呢？你回来了，一切便好了。

世间的恩爱，原都是这个样子的，几千年来，都是这个样子的，那就是，亲爱的，只要你平安着，我也就开心了。

五点的黄昏，一只叫八公的狗

完全是场意外。在早春，我遇见一个叫帕克的男人和一只叫八公的狗。

起初，狗还不叫八公。它还在它的童年，在它尚未拥有一个名字的混沌童年。不知它打哪儿来，或许，它的存在，就是为了守候。它出现在火车站，出现在帕克面前，不早不晚，不偏不倚。一段尘缘，由此诞生。

小狗有一双会说话的眼睛。它抬眼望人时，那里面飘着层层雾霭。像一个童稚的孩子，轻轻张开他的眉睫，如水的眼神，懵懂，又是无邪的。

对，无邪！我相信帕克就是因这样的无邪，而心生怜悯，羁住前行的脚步的。其时，他正要乘火车去上班。他是一所大学里的教授，人到中年，生活安定。可是，这只小狗的突然出现，打破了他的安定。

他抱起它，到处询问，谁丢了小狗。询问无果后，他又极力怂恿别人收养它——他要乘火车去上班。按规定，火车上是不允许带小狗的。再说，一个大男人带着小狗上班，算咋回事呢?

所有人都表示了对小狗的喜欢，但没有人愿意收养它。他与它眼神对视，他是无奈的，它是信任的。灵魂与灵魂，在那一刻达成共识：哦，就这样吧，就让我们在一起吧。——他带上了小狗。

看到这里，我还是漫不经心的。这部由莱塞·霍尔斯道姆导演，名叫《忠犬八公的故事》的片子，是帮我调试电脑的陈随手打开的。片子没卡住，他说："你的电脑没问题了，网速挺快的。"我"哦"了一声，说："谢谢。"我并没有打算把这部片子看下去，只当让一种声音陪伴我。我手头在做另外的事，我把多余的报刊书籍整理好了，放到一个纸盒箱里。我的房间，因塞满各类报刊书籍，总是显得很凌乱。在这个万物萌动的早春，我心血来潮，想收拾一下它，让春天的气息，来充盈它。

桌上的两盆水仙，花苞饱满得快撑不住了，就要开花了。我俯身过去，数了数，一个盆里有六个花苞，另一个盆里有五个花苞。而这时，帕克和小狗已坐到火车上，火车一路"轰隆隆"向前。画面很安静，没有什么特别的。

如果说，最初帕克是因怜悯而收留了这只小狗，那么，随着他与小狗的共处，这种怜悯已上升为怜爱了。善良与弱小相遇，哪里还有别的路可走？只能在一起，也只有在一起。他和它共食一小篮子的爆米花；他趴在地上，用嘴示范着，教它学捡球。他们的亲密无间，终于让一度对收养小狗持反对意见的妻子，也改变了初衷——她爱他，他的快乐就是她的快乐。加上女儿的喜欢，这只流浪的小狗正式成为他们家庭中的一员，取名八公。

日子还是从前的日子，日子又不是从前的日子了，生活中多了许多的牵挂与惊喜。无论对于帕克来说，还是对于八公来说，相聚的日子，多么幸福。八公在与帕克的嬉戏中，逐渐长大，长成一只威武漂亮的大狗。不过在帕克面前，它还是童年时的那一只，天真无邪。它依赖帕克，简直须臾不能分离。帕克去上班，它非要跟着不可，这一跟，就跟成了小镇上的一道风景。

每天早上，他们一起出发，前去小镇的火车站。一路上，他们尽情戏耍，风轻云淡。到了车站，帕克推开那扇通往火车的门，回头跟八公挥挥手。八公默送着帕克的背影在门后消失，这才不情不愿地转身，自个儿回家。傍晚五点，它准时跑来火车站，等在站台上，接帕克下班。火车“轰隆隆”开过来了，门一开，下车的人流里，帕克远远地叫着：“八公！”八公的狂喜，在那一刻，达到极点。它跳过去，尽情撒娇。满世界里，都跳动着他们的快乐。

这样的温情，深深打动了我。我坐下来，一心一意地看他们的故事，任房间里一片狼藉。几朵水仙，终于挣脱外面裹着的一层苞衣，“啪”地绽开——花开原是有声音的，就像动物原是有感情的，谁对它好，它就对谁好，单纯、执着。

我在水仙的花香里，继续看帕克与八公。一天天，他们持续着他们的“约定”，在车站分离又相聚。那样的风景，成了小镇车站站长、卖热狗的小贩、附近商店老板娘眼里最为寻常的景象。大家微笑地看着，就像看车站旁边长着的一棵树，就像看每天准时到达的火车。尘世的美好，就是这样的，一点一滴，蔓延开来。

然而，一天早上，帕克去上班，八公却怎么也不肯跟他一道出门。它呜咽着，在地上打着转。帕克怅然若失地一个人走向车站，边走边回头。在他推开通向火车的门，就要登上火车时，八公突然出现了。它嘴里叼着一个球，跑向帕克，那是帕克一直想教会它的技艺，之前它一直没学会。这太让帕克惊喜与骄傲了。他推迟了登车，与它在车站上，玩起捡球的游戏：帕克把球扔出去，八公立即跑去把球给“捡”回来。帕克开心地对每一个路过的人说：“瞧，它会捡球了！”

我信，狗是有先知先觉的。小时候，我邻居家有狗，一天夜里，那狗突然狂吠不已。天明，那家的主人死了，脑溢血。这里的八公，应是早就预料到了的，这一次，将是它和帕克最后的欢聚。它调动了作为一只狗的全部智慧，想挽留住帕克，但终究，帕克还是要走的，火车就要开了，他要去上班。

这一走，帕克再也没有归来，他倒在大学的讲台上，突发性的心肌梗塞。

他曾经待过的地方，一下子变得空空荡荡。他的妻子，因怕睹物思人，悲伤地离开了他们曾经的家。他的女儿，彼时已出嫁。她开车回来，要带八公走。车子经过了那么多的路，拐过了那么多的弯，她是要让八公，把曾经的记忆，丢在身后的。

新家也温馨，八公受到了最好的照顾。然而八公却待不住，它的脑海里，全是火车的轰鸣声。它离开了帕克女儿的家，循着记忆，走回它的车站，走回它与帕克“相约”的地方。在五点的黄昏，在火车就要到站的时候。

门开，门关，那里都不再有帕克。它听不到帕克熟悉的呼唤，它的眼睛里，蓄着深深的悲伤。它等在那里，等在他们相聚的老地方，它相信他会回来的。车站的人渐渐习惯了它的等待，他们给它送吃的。偶尔也停在它身边，一起忆一忆那个叫帕克的大学教授，他的儒雅，他的谦谦风度。他们对它说教授永远也不会回来啦。它抬眼看看，仿佛听懂了，却依然固执地趴着，守在那里。

我的泪，终于抑制不住，汹涌而出。随着年岁渐长，我们早已忘掉流泪的滋味，以为这个俗世里，再也没有让自己疼痛的人和事了。我们把这样的人生，叫作淡定和从容。而事实上，内心的柔软一直都在，现在它被一只叫八公的狗唤醒了。

树绿了黄，黄了绿……雪落在八公身上，雨打在八公身上，一天天，一年年。它坚守在那里，等着帕克归来，在黄昏的车站。九年的时间，没有更改，直到它老死在那里。

整部片子，没有过多的曲折，不过是些小场景、小事件。人在慢慢老，狗在慢慢老，情却没有老，且永远也不会老。它就是我们的生活，是被我们忽略掉的一些感动。它让我们对眼下平淡而寻常的日子，又重新充满温情的期待，并且学会在生命与生命之间，传递爱和忠诚。

感谢八公！

游 记

散文精读·丁立梅 >>

长溪行

到长溪，大山里头，一个因产秋天的枫叶而渐渐被世人知道的小村子。

山路几无行人，弯弯曲曲，不知多少重。我们如探险般的，直抵大山腹地。村庄似棋盘搁着，落子是白墙黛瓦。有长长的溪流穿村而过。我想，是因其长，才叫“长溪”的吧。

外人进来，村人也只是抬头看看，复又各做各的事去，随便你村子里头瞎溜达。上午十点，村小学正在上课，孩子们在齐声诵读着课文。我趴在院墙外听了会儿，突然很喜欢这里，决定住下。

阿兰人家。主人是个戴姓男子，我称他阿兰。他有两个孩子，大的在念高中，小的上幼儿园。他领我们进山，遗憾地说，枫叶还没红呢。

若是你们晚来半个月，霜打之后，满山的红叶，几乎在一夜之间全红了，那时，好看得很，到处都是游人。阿兰说时，他的眼睛里，似乎燃烧着枫叶。

不是没有遗憾，我本是冲着红叶来的。然又不特别遗憾，大自然每时每刻，都有惊喜在，只要你肯缓缓走近，慢慢体味。

山谷清幽，除偶有几点鸟鸣滴落外，少有声音。山路忽上忽下，曲曲弯弯。当地人种的茶树，有些还在开花，雪白的。花形似山茶花，想来它们本属一系，有亲戚关系，一个泡茶，一个榨油。阿兰说，这茶花也能吃的，有点甜。

山上野果子多，他跳起来，努力想采摘挂在高处长藤上的金黄的野果子给我吃，他说特别好吃。他们小时候最爱吃它。

又在他示范下尝了一种类似野草莓的果子，有点酸。也尝了苦槠树上的果子，酷似榛子。他说他们当地人捡这果子回去做豆腐吃。他小时候常吃这种果子肉做的豆腐，清火纳凉。我笑笑地，很认真地配合着他，去认识这大山里的“宝贝”。他是真心热爱着这个叫长溪的地方，我感动着这种热爱。

野蒜花多。花秀气得很，淡淡的紫，一簇簇，聚拢在一起。紫雾一般的，满山满坡弥漫着。这些山该取名叫“野蒜山”才是。

遇到一当地妇人，篮子里就搁着一把野蒜，青绿的一蓬蓬，在篮子里颤颤巍巍的。回家炒鸡蛋和炖咸肉，都是很入味的，阿兰说。

一棵高大的枫树，树干全蚀空了，然枝叶还婆娑着。阿兰说，它老了，没办法了。语气很伤感。这几百年的枫树，曾陪过他的祖先呢，曾艳红过多少的秋啊！

山中雨说来便来。霎时间，近处远处的山峦，都如同发酵好的大馒头，被蒸熟了，热气腾腾。我撑开伞，我的伞上，瞬间聚集起雨雾，我当它是大山赠我的礼物。山坡上有庄稼地，地里蔬菜庄稼长得茂盛。一老妇人头戴斗笠，弯腰在地里忙活，浑然不觉有雨。我冲她叫，老人家，下雨啦！她惊诧地抬头，定定地看着我，显然我的话她听不懂。但她很快明白了，我是在跟她说话，她便咿咿呀呀回我的话。她的话，我也听不懂。我们隔着一些雨，就那么咿呀了半天。临了，她突然拔一只水萝卜，穿过雨帘而来，递给我，示意我吃。脸上挂着野蒜花儿一般的笑。

山坳处，一个村落，像只老黄牛般的卧在那里。不大，不过八九户人家。住的还是从前的老房子，黄泥抹的墙，屋顶的瓦片，被烟熏得乌黑。家家门户洞开，我在村子里转一圈，没遇到人，只有几只鸡，在巷道里漫步。有妇人站屋角看我，我走到哪里，她的目光追到哪里。

晨起，鸟叫声清灵，薄雾在山顶上起舞，空气清澈得像溪水。

跑上山看日出。

太阳在山的后头。它比我爬山要快得多，它一跃而起，便到了山顶。天空湛蓝，山的影子，投映在那些黛瓦粉墙上，浮雕一般。

山上植物多，花朵和叶上皆缀满露珠，这是上帝打赏给它们的碎银子。相遇到一块棉花地，棉果已绽开了。我不以为它是果，我当它是花。棉花是开两次花的，第一次是少女花，有白有红，模样像极了木槿。第二次是成熟的女人花，也就是棉果开的花。扯下来，可直接做件棉袄穿。

墓碑林立。村里死一个人，山上就多一个碑。它们，已深深融入这大山里，如植物之于大山。

下山，又去村子里转了转。溪水里浮游着几只小白鹅，像纸叠的小船。鸭子们在岸上做着下水的准备工作，嘎嘎嘎地乱喊口号。有妇人弯腰在溪水边汰衣裳。两只肥肥的鸡，在一临水的高台子上啄食，啄几下，抬头，眯着眼做陶醉状，复又低头啄食。有村人刚从地里回，篮子里搁一捧鲜艳的菜蔬。

卖猪肉的开着电动三轮车，车上搁着两片猪肉，大声叫卖，猪肉猪肉。村子离镇子远，得翻越好几座大山才能到达外面世界，村人们难得出山。阿兰说，我们要出山做什么呢？我们吃的是自家种的粮食和菜蔬。以前我们身上穿的，也都是自家织的布呢。

想想，有点羡慕他们了。

孩子们背着书包去上学。他们从不同的屋子里走出来，汇聚到一起，叽叽喳喳。长溪的清晨，就这样被他们搅得水花乱溅，鲜活而饱满。

水做的凤凰

坐上从上海开往吉首的火车，我千里迢迢，去凤凰。是午后时分，窗外的阳光淡淡的，天空不是很透明，给人水水的感觉。车子经过一些村庄，树，庄稼，人家的房子。还有一片荷花地，花半开，给人留下无限的念想。我一边看着窗外，一边读着沈从文的湘行散记，我读到这样的几句话："橹歌太好了，我的人，为什么你不同我在一个船上呢？""我真希望你梦里来找寻我，沿河找那黄色的小船！在一万只船中找那一只。"木筏上，火光星星点点，吊脚楼上的人声，如在耳边，还有羊的梦呓，狗的叫声……这是沈从文的当年，当年他别了张兆和，一个人舟行水上，远回凤凰看病危的母亲，一路之上，铺写下数不尽的思念。我看到这里，心软塌塌的，像蒸熟的年糕。这样一个慈悲的男人，这样一个慈悲的男人啊！

天黑下来，山影幢幢。远山的灯火，更像渔火，一星点的红，是暗夜里盛开的花朵。像舟行水上，我也是那个思念的人。我读到这样一句话了："我不想就睡，因为梦无凭据，与其等候梦中见你，还不如光着眼睛想你较好！”

这个水做的男人！我也不想就睡，我要睁着眼睛到凤凰。

晌午时分，我终于到达凤凰。太阳姣好。

扑面而来的，是湿润的水的甜味，清凉的。

拖着行李，在沱江上游来回折腾，我要住的是真正的吊脚楼：沿江有窗，窗内有女子，露出半截红的袄或绿的袄，探头对着江里船上的人儿叫：“你要记得我跟你说过的话呀。”船停江边，他是她的情郎，每月里，总有几日来相聚。她给他备上炒好的山核桃，留他路上吃。这是沈从文写的《一个多情的水手和一个多情的妇人》。人间情爱，原是不分贵贱的。

江边客栈多。多是自家开的，挂的牌子名称好听得让人心动不已，什么“沱江人家”“翠翠客栈”“凤凰人家”……我住的一家叫“北门河边客栈”，名儿叫得一般，但地理位置好，窗下就是沱江，拴许多只游船。每日里，游客们从这里出发，漂往下游。江边，停一小舟，舟上有两个着盛装的苗家妹子，用山歌迎来送往着游船。

我伏在客栈的窗口听山歌，我也唱山歌。很快乐。

出客栈，去逛古城。

有当地女子迎上来，热情相问，要坐船吗？她说她家有小船，坐一个来回，一人只需二十元。我心里暗叫，这么便宜！是的，这地方什么都便宜得要命，无论住宿，无论吃饭。

女子的脸庞黑黑的，瘦瘦的，连带了笑容，也是黑黑的，极朴实，让人没有距离感。我在心里想着沈从文写的翠翠，也是一张黑黑的脸蛋。突然觉得，黑肤色的女子，很好看。

答应那女子，一会去坐她家的船。女子很开心，陪我逛古城。我问，知道沈从文不？她笑了，怎么不知道？他是我们凤凰的名人呀。我笑，心中有感动。

古城美得让人窒息。每一块砖，每一扇门，都是漂亮的。青石板，木头房，家家门前都挂着红灯笼，里面的陈设，透着古色古香。稻草，蜡，柳藤……这些寻常之物，在这里，都成艺术，让人不得不惊叹，最卑微的生命，也能活出优雅来。

到处可见老酒坊，一个一个的酒瓮，蹲出说不出的古典。我怀疑是走进宋代哪条深巷里弄。轻移莲步，时光在倒流。

到处可见卖猕猴桃的，做成各色果脯。便宜，还可以对半砍价。老板一边说，不能卖这么低的价呀，一边却用袋子装给你。

姜糖亦是凤凰的一大特色，最具动感的是现场操作，把糖浆扯得像做拉面的。看我在看他们，他们热情招呼：尝一口不？不要钱的。

一路尝去，尝得满嘴甜蜜。买一袋子揣包里，包里就有一包的甜蜜了。

衣裳店里，一片姹紫嫣红。红得夸张绿得也夸张，有惊心动魄之美。我实在忍不住了，买了一件民族味极浓的无袖短衫，盘扣，上面有碎的白花儿。还买了两条灯笼裤，一条大红，上面有毛线编织的图案。一条大绿，上面息一些小黄花。我以为，红尘的热闹全在上头。

卖花环的女人和孩子到处是，那是些山里人，他们采了野花，用篓子背来，扎成花环卖。细碎的小野花，就装点到一个一个游客头上。我想起一句词来：若得山花插满头，莫问奴归处。不知那个可怜的严蕊，最终有没有盼到山花插满头。

我买一个花环戴头上，今天，我与凤凰一起美丽。

离了古城，坐船往沱江下游去。摇橹的是个黑脸膛的年轻男人，我们去时他正蹲在岸边吃饭，捧一只大瓷缸在手上。

领我们去的女子作了简短介绍，说那是她哥。年轻男人冲我们笑笑，兀自去解了拴船的缆绳。

船是木头船，用桐油抹得黄澄澄的，坐进去，像坐进一弯黄月亮里。一弯黄月亮在一波豆绿的水里穿行，一波豆绿的水，在我的心中穿行。一句话适时地跳出来：我一边看水一边想你。这是当年沈从文写给张兆和信里面的话。我喜欢得很。他的思念，水知道。

摇橹的年轻男人没有多话，他把橹摇得呀呀呀。我一边看水一边看他，这是沈从文笔下的水手么？他是不是也于某个月黑风高夜，站在他喜欢的女人的吊脚楼下唱山歌？想到这里，我抿嘴乐。他不知我乐什么，看我一眼，跟着笑。

两岸是沱江人家。有女子在河边捣衣，手臂挥动，“笃”“笃”“笃”的捣衣声，便极有节奏地响着，一河的水，因她而活泼起来。我总觉得她是一边望水一边在捣衣，有说不尽的柔情蜜意在里面。她身后的大黄狗，是最美气的，窝就搭在水边。还有水牛，在水边绿汀上吃草，悠闲而自得。世界安静。水波荡开，一圈过去，又一圈赶过来，清泠泠的。空气中，满是水的味道，湿润的，甜蜜的。

突然一群孩童闯进眼里来，他们放学了也不归家，书包放在岸边石上，衣服挂在树枝上，人已赤条条滑到水里面了。我伸手抚水，水清凉。遥问他们，不冷么？他们哄笑，击水作答，不冷。小猴子似的，在水里面打闹。他们的快乐，掉在水里，水也变得很快乐。

去看沈从文。

问当地居民，沈从文墓在哪？都知道。他们热情指点，拐过这个弯，就到了呀。

出古城南门，沿沱江走，顺着青石板上上下下。人家的房，倚着山势而落。已到城外，路上几无行人，一条路便寂静着。满眼望去，除了青山绿水，还是青山绿水。山叫听涛山，水是沱江水，山水相依，它们做了永恒的恋人。

山脚下有人家，开一小店铺。屋前地面上，摆一水桶，里面插满野花，有的扎成束，有的没有。小野花们水盈盈地开着，素白或粉紫。旁边木牌上有字：带一枝野花去看沈先生。

心下一愣，不知不觉，我竟寻到这里！不敢确信地问小店主人，沈从文墓真的在这里？她奇怪看我一眼，说，是啊。顺手往山上一指，喏，就在那儿。

我沿着长满绿苔的青石板，一步一步上山，水的气息叶的气息，把这一方天空，染得碧绿澄清。这好像挺矛盾，然而不。那些莹莹的绿，带了湿润的绿，让一方空气，清澈起来透明起来。静，岑静。一枕梦，从此可睡千年万年，想沈先生到底是个有福的人。

八十六级台阶，契合着沈先生八十六年的人生。不见墓冢，甚至连一个土包包也没有，只有一方五彩石，兀自立在听涛山的山坡上。他一半骨灰归了沱江，一半骨灰埋在石下。水是他成长的摇篮，他回了他的摇篮里。

五彩石正面镌刻着沈从文的手迹：照我思索，可理解我；照我思索，可认识人。尘世的纷繁，抵达这里，都变成一种单纯与真。做个纯粹的人，水一样的纯粹，泥一样的厚朴。这当是他最让人敬重的地方罢？

我静静站在那方石前面，默默看。山林深处，有鸟的叫声传来。空气中，有温柔的水在流动。静谧，安宁。

沈从文说，美丽总是愁人的。

我的心上，也息了一点愁。说不清道不明的，像一朵小野花，静静地开。

枫泾虫鸣

江南的古镇，是离不开水的。枫泾古镇也不例外。周围水网密布，河道纵横。窄的地方，两岸树木能握手畅叙；宽的地方，可供十只八只小舟并驾嬉戏。水多，桥必多。说“三步两座桥，一望十条港”有点夸张了，十步一桥，那是差不离的。这里的桥，多达五十二座，或平或拱，或弯或曲，多为石头或青砖垒成，绿苔暗生，树木掩映。它们是古镇的骨架子，把一座古镇千百年的风情，给撑了起来。

市河算是古镇最主要的一条河流，贯穿南北。也有人叫它枫泾河。这个名字听起来更有意蕴，枫树成溪成泾，该多美。枫树我倒没见着几棵，或许有。一棵粗大的合欢树，撑在竹行桥的桥头，枝条俯身下来，几乎要匍匐到桥栏杆上去了。时序已近仲秋，合欢花们还如朝云般，在枝头欢快地开着，载歌载舞。

古镇当年的繁华，应聚集在这条河上。两岸人家的房子，和风雨长廊，都傍河而建。有意思的是，它们不是相向而建，而是这岸的人家面河，那岸的人家枕河。随便挑一处长廊坐下，喝点什么，或什么也不喝，就那么闲闲地望着对岸枕河人家。那真正是铺开的水墨画卷呀，仿佛谁在宣纸上，那么漫不经心地勾勒着。淡几笔，粉墙出来了；浓几笔，黛瓦出来了。然后，骑楼、勾栏、重檐、亭阁，一一都出来了。木格窗半开着。有后门可供出入，层层石级下到河沿，散漫中，透出匠心。植物们也都秀眉秀眼的，铜钱草、太阳花、小朵的海棠、绿萝，或搁在窗台上，或吊挂在墙上。我想起王勃在《滕王阁序》里的描述："披绣闼，俯雕甍。"觉得应用到这里来，也很贴切。眼前之景，虽没有滕王阁那样的精美华丽，却也是端丽可人的。这样的地方，适合缓缓看，缓缓归。

还是这条河。当年吴、越两国，曾在此河上立界，南归越，北归吴。我穿过界河时，想自己一只脚踩在吴国的领地上，另一只脚已跨到越国的家门口了。我如此轻松地一越，千百年前的人们，不知因此流过多少的血和泪呢！人是顶顶奇怪的生物，占有欲极强，总喜欢霸占本不属于自己的东西。比如说，争江山。时间会证明给人类看的，江山最后不属于任何人，江山只属于它自己。

老百姓的日子却是家常的，风雨不动安如山。小巷连着里弄，木门木窗青石板，抬头仰望，是一线天空。昔日的老房子里，生活还是生活，阿婆们就着一方长桶，剥着新收上来的菱角。做芡实糕的女子，裹在一团香雾中。有妇人手指飞速翻转，她的手边，已垒着一堆包好的粽子。有年轻妈妈抱着牙牙学语的小娃，坐在屋檐下，一遍遍教小娃叫，妈，妈。奶声里，就有了一声声，妈，妈，听得人心里软，继而眼睛湿润。再难懂的方言，一声“妈”，却几无分别。裁缝铺里，忙得很，布料子红红绿绿堆着，老裁缝拿着皮尺，在给人量尺寸。有丝瓜花和扁豆花，攀爬在人家屋檐上，安安静静开着。

晚上，在河边坐定，叫上三五个家常菜，慢慢吃。两岸的红灯笼，倒映在河里，一河的水，都变得妩媚起来。风轻轻吹着，耳边有吴侬软语响着。一时间恍惚，我是来看这灯光的吗？是来看这黛瓦粉墙的吗？是来寻访古桥、寺庙和牌坊的吗？都是。可我似乎还在期待着什么。

八九点的时候，老街上的灯光，一盏一盏熄了。木板门“咔嗒”“咔嗒”上了闩。我走在深巷里，只听见我的脚步声在响，星星们亮在头顶上。突然，有虫鸣的声音，传了过来，从那幽暗的里弄深巷处。起初也只是一两声，嚁嚁、嚁嚁。清脆、空灵。接着声音多起来，“唧唧”“吱吱”“蝈蝈”，这里，那里，千万只虫子叫起来，共奏一段小夜曲。我循着虫声找去，它们伏在哪片黛瓦上呢，还是躲在哪块青石板下呢？或者，在那一丛扁豆花里，在那一蓬丝瓜花中。抑或是，就在那石槽供养着的铜钱草和晚荷中。

一个古镇，淹没在虫鸣声中。夜，夜得相当纯粹，再无别的声响。我停在那儿，让虫鸣声一波一波席卷过来。我奔着枫泾来，就是来听这虫鸣的。

最美的时光

新疆归来，已有好几日了，整个人却还是迷迷糊糊的，如坠云端。耳畔回旋着的，是牛羊的叫声。人声物语，都是呢喃。

真没见过那么多的草。

从巴音布鲁克，到那拉提，到喀拉峻，到夏塔，到赛里木湖，一路走过去，全是草啊。那些青青的草，那些绿绿的草，那些头顶着黄的小花、紫的小花、红的小花，伸着绿胳膊招展着的草，一座座的山峦上全是，一个个的山坡上全是。山谷里也长着。平地上也长着。绿在流淌，花在流淌，绵绵无尽。

还有雪山。

就没见过那么多的雪山。

雪未曾消融，莹莹的白披着，像披着件缀满了银珠儿的银袍子，那么近的距离，它们，就立在我的眼前，我只要一伸手，就可以触摸得到。雪山之上，云朵像巨型的猛兽匍匐着，白而胖的。而这些猛兽看上去，却是温顺的，收了性子的。它们伸着懒腰，打着哈欠，目光慈善又懵懂，似乎那冰雪，是它们最温暖的眠床。而雪山之下，绿草起烟，云雾般腾起，四下里弥漫。也时见冷松和云杉，在半山坡上，在山谷里，笔直地站成一排排，披着一身青绿，护卫一般的，守护着雪山。一年里的四个季节，不可思议地在这里相聚了。有春的烂漫，有夏的青碧，有秋的斑斓，有冬的洁白。

山峦连绵起伏，线条浑圆、柔和。看着它们，我老是要想到侧卧着的女人的剪影。那些绿草缀满的山峦，真的犹如柔情似水的女人，丰满的，又是幸福安康的。

哪里需要寻找角度？哪里需要选择地形？随便一处停下来，都能惹起你的惊叫，美啊！太美了！哪一处，都堪称经典。

你的眼睛看饱了，看倦了，那就拿耳朵听吧。躺到一块草地上去，听小花们窃窃私语，听小虫子们喁喁吟唱。还有牛羊的叫声，哞哞哞，咩咩咩。一丛草，被马儿的蹄子踩弯了腰，六七岁的哈萨克族小童，骑在马背上，一路呼啸而去。等马儿走远了，草们又挺直了腰。似乎是被调皮的小孩子捉弄了一下，它们有些哭笑不得地扑扑身上的泥，望着远去的马和小孩，并不恼，神情里满是宠溺纵容。

如果你还走得动，建议你最好不要停下脚步。你走起来吧，一直走。不定要上哪儿去，你就迎着雪山走吧。或者，择一处青草茂密处。就那么，走向青草更深处，走向野花更深处，在海拔高达两千多米的草甸上。喧嚣的尘世，纷扰的人事物事，那都是前世的事了。你只觉得你洁净，洁净得就像草原上的一棵草，一朵小野花，还有那屹立不语的雪山。

也时而遇见放牧的牧民，赶着一大群羊。你原以为羊只有白色的，在这里，你长见识了，你见到黑色的羊，黄色的羊，还有白黄杂染的羊。它们的毛发卷卷的，大尾巴卷卷的，眼神天真，真是好看。那些牧民有哈萨克族的，有蒙古族的，他们住毡房和蒙古包。他们说着你听不懂的话。但不要紧啊，天下的笑容都是一样的，里面住着良善。你们遇见，对望着笑一笑，心底里有温暖浮起。

同行中有父女两个，女儿刚刚小学毕业，文静内向，言语不多。往常在家，父亲忙于工作，与女儿交流极少，女儿对他很生疏。这十多天里，他们形影不离地在一起，在能步行的时候，绝不去骑马或坐车，而是选择步行。他们一路走着，翻山越岭，看山，看草，看花，看牛羊。渐渐地，女儿对他，十分依恋起来，有着说不完的话。他感慨万千，他说，这次出行，真是值了。说着说着，眼中竟泛起欢喜的泪花。

我相信，这段时光，一定是他们一生中最美的时光。

天上的云朵，地上的草湖

去草湖。

从一片原始杉木林中穿过。满眼都是树，随便一棵，都上百岁了吧？老了的树，极有尊严地老去，无人砍伐烧烤。而新的树，又在重新茁壮生长。

风起，松涛阵阵，如涨潮之水之声。蝉声被没进去了，鸟声被没进去了，山鸡野鸭的声音被没进去了。山路上，只有我和他。

帕隆藏布江在林子边拐了个大弯，冲积出一大片细软的沙滩。碧玉般的江水，倒映着后面的雪山。云怎么那么白！天怎么那么蓝！寂静无声。

我们穿过林子，跑去沙滩上。大太阳照得沙子滚烫，我不顾那烫，踩进去，跑向江边。这江多像湖啊。天在水底。云在水底。蓝在水底。白在水底。我们，也在水底。

寂静，还是寂静。碧玉一般的寂静。

林子后头有蝉音袅袅。山鸡的叫声，像拉警报似的，那么突然地，来上一嗓子。我伏在沙子上写“感谢”二字。此时此刻，唯这两字能表达心意。感谢天，感谢地，感谢父母，感谢他，感谢相遇到的一切，感谢这自然中的美好，感谢这样的雪山，这样的江水，这样的森林，这样的自己……一切都是恰恰好，景正好，我未老。

和他坐在沙滩上，一人吃了两块面包，算作午餐。餐毕，继续寻着草湖而去。这期间，他弄丢了他的墨镜，那是他过生日时，我买给他的礼物，价钱不菲。我们在江边寻了好一阵子，又在林子里寻了好一阵子，都没寻到。最后确信是找不回的了，干脆放弃。也好，算作留给这片土地的一个纪念罢，或许它某天，会开出一朵眼镜花呢。——这么一想，竟很是快乐了。

在林子中间左拐右拐，误闯一幢民居。木结构的小屋，蹲在林子边的一块空地上。门口长油菜长小麦，也有几棵棠梨树，在开着花。屋主人尚未出现，狗倒警觉地先吠起来，不是一条，而是两条。我是怕狗的，远远站着，不敢动弹。屋主人被惊动了，出门来。一个矮个子男人，后面跟着他的女人和三个娃。他和女人喝住狂吠的狗，叽里咕噜冲我们说了些什么，我是一句没听懂。等他们停下来，我们笑着说，不好意思，我们走错路了，请问，草湖在哪儿？男人听了，侧头和女人说了句什么，女人哧哧笑了。三个娃也笑了，争着伸手往右边一指，喏，那儿，那儿，我们的草湖。一家人的手，就都这么指着。

我们道一声谢，顺着他们所指的方向而去。走了一段路，我回头，见三个娃还站在门口，冲着我们看，屋顶上有炊烟起。我的心，软了软。为这片烟火，为这片与世无争的宁静。

再沿着林子走，从一棵一棵松树间穿过，终于看到一片开阔地，草湖到了。

草湖顾名思义，是草们齐聚的湖。草也只两种，一种开粉紫的花，一种开金黄的花。我们赶巧了，草湖里的草，正值青春妙龄，个个清韶娇嫩的，绚丽得如织毯，把这块小小的峡谷平地，描成画卷。

草湖的腰身上，束着一弯水带，不很宽阔，但极深，想要跃过去，不大可能。清澈的水，倒映着蓝天白云，和不远处的树林、雪山。水的另一边，紫色小花黄色小花一直铺排到一片林子的脚下。林子背倚着大山，山峰上，白雪盈盈，云朵盈盈。马和牛，在林子边上吃草，吃花，不见人。

我蹲在草湖里数花朵，数着数着，数迷惑了。太多了。我又蹲在水边数水里的云朵。数着数着，也迷惑了。雪与云朵，分不清的。风吹得松林唰啦啦的，如涛如波。可是，分明是静的啊，静得连心跳声也听得见。

来了一家四口，当地人。爷爷奶奶，带着儿媳妇和小孙孙。他们自带了花地毯来。他们把花地毯铺在水边，然后盘腿坐到上面，一边摆上吃喝的东西，是要在这里久待的样子。小孙孙刚学会走路，他们放他在草地上摇摇摆摆，指给他看天，看山，看水，看地上的花。

他们告诉我们，他们一家常来这里玩。

他们说，若是你们晚些时候来，这里一大片的，全是水，很好看的。

我们并无遗憾，我们看到了这么多的花。问他们，这些花叫什么名字？他们想想，答，草花呗。我们这里的草地上，都开这种花的。

我很满意这个答案，草开的花，自然叫草花了。连带着这片草湖，我也十分的满意。

大雪倾城

我一直搞不懂，我到底算是南方人，还是北方人。

我去北方时，北方人称曰，你们南方人怎样怎样。我到南方时，南方人称曰，你们北方人怎样怎样。

海离我的小城不远，是黄海。江离我的小城不远，是长江。不过，我在江北。

我爱南方的温润和柔媚。一场雨后，那青石板铺就的老巷子里，有兰花的香气在游走。隔江相望，我的骨子里或许也浸染了一二。于是常带给人假象，陌生人首次见面，会询问我，你是江南人吧？然我又极爱面食和北方菜，山东煎饼、馒头和东北乱炖，我都吃得欢欢的。比小白兔吃萝卜还欢。日日吃着，都不嫌腻。

节气的抵达，怕也如我这般疑惑，不知它算是北方的呢，还是南方的。它到达我这里，总会慢上半拍，比北方要晚，比南方要早。

像这大雪日的到来。

古语云：“大者，盛也，至此而雪盛矣。”朋友威在哈尔滨，这个节气里，她那里已下过好几场雪了，雪厚得能堵门。我这里，却是连绵的阴雨，阴得钻人骨头。冷，又冷得不干不脆的，让人焦急。

焦急着等一场雪。

雪终于姗姗而来。虽是蜻蜓点水的那么几枚，可足以让我们兴奋的。

——看，下雪了。街上多的是这种惊喜的声音。

那会儿，我正站在一棵掉光叶的梧桐树下，等那人停车。我说，要庆祝下雪。

两个傻瓜一拍即合，我们决定在外用餐。

午时的天空，阴，一片混浊。然因那几枚雪，竟也点缀出童话的色彩。

我伸手接雪。用围巾接雪。用帽子接雪。谁能忽视它的到来？它的纯洁和晶莹，总能在瞬间，碰疼人心底的柔软。

我们都是柔软的。

一闪念，忽然想起康海这个人来。明代大才子，少年时就显露出非凡的才华，人见之，预言，必中状元。后果真大魁天下。他为人刚正不阿，这样的人，在官场中势必要遭到怨恨与陷害。他后来被削职为民，再不过问仕途，一心只创作乐曲歌辞，自比为乐舞谐戏的艺人，为他家乡的秦腔，做出卓越的贡献。后人给予评价：官场不幸秦腔幸。

这样的人，有着雪的风骨，是要瞻仰着才是。他的诗文，亦是骨骼奇秀的。他写过一首《冬》的诗，很应我眼前的景：

云冻欲雪未雪，梅瘦将花未花。流水小桥山寺，竹篱茅舍人家。

三笔两画，一幅乡村冬日图，就活灵活现着了。初读，以为是静止的。像佛乐《云水禅心》，古筝叮咚，乐曲突然地滑翔下去，那种空灵，无有尽头。我总觉得，佛乐是有颜色的，青色，或者银灰，最配。空旷，迷离，如这冬日一场大雪前。

然分明又是驿动的。无论是云，还是梅，还是流水，还是小桥，还是山寺，还有竹篱和茅屋，它们都在翘首以待一场雪。等待的心，简直就要蹦出来了。

也许只是一盏茶的工夫，这场雪，就会沸沸扬扬而下。它们将在梅枝上雕刻花朵。将在流水上裙摆轻扬。将在小桥上铺设雪毯。它们调皮地打着滚儿，在山寺的屋顶上，在人家的篱笆墙上。

这个时候，最好能约上三五知己，围炉取暖。喝点小酒，唱点小曲，读点闲书，说点闲话。门外，雪和夜色，慢慢倾城。

人间的羊卓

从拉萨去往日喀则，是往后藏而去，沿途的色彩，比起前藏来说，稍稍逊色了些。然处在八月好时节，也是黄是黄、绿是绿的。山大抵都是光秃秃的，寸草不生，山脚下却黄绿铺陈。绿的是青稞，刚刚抽穗。黄的是油菜花，刚刚怒放。没有整齐划一的，都是顺势而长，反倒有种自由散漫的美，看得人心猿意马。

沿途要翻越海拔5030米的甘巴拉山口。不知是不是心理作用，一听到高海拔，我的头就开始山呼海啸起来，得用手指头紧紧按住两边的太阳穴，眼睛却不肯闭上，窗外的景，我不想错过一点点。

山脚下走着藏家女人，牵着小孩。她走过一片菜花地，背上的背篓里，塞满青色的草，她走，草也走，一颠一颠的。她是要回家去喂养牛羊吗？我的思绪跟了她好远。哪里的俗世都是一样的，活着，烟火着。

经过无数的急转弯，我们的车，沿山梁盘旋，一路有惊无险。从甘巴拉山口下来，远远就望见了一枚蓝，像块蓝宝石似的，镶嵌在喜马拉雅群山之中。又似一根蓝色绸带，系在山腰间。小闫宣布，羊卓雍错到了。

羊卓雍错，在藏语里是“碧玉湖”“天鹅池”的意思。它是西藏的三大圣湖之一，是喜马拉雅山北麓最大的内陆湖。因汊口较多，像珊瑚枝一样，藏人又称它为“上面的珊瑚湖”。

一车人激动起来，啊啊啊大叫，手舞足蹈，恨不得立即跳下车去。司机见多这样的场景，他笑了，慢条斯理地说，别急，车可以停到湖边去的。

真的靠近了。眼睛和心，立即被蓝填满。那是怎样的一汪一汪蓝啊，比天空的蓝更深隧，比大海的蓝更醇厚，蓝得一心一意，蓝得彻彻底底。仿佛蓝缎子似的，在阳光下抖开，风华绝代。又如凝脂，蓝的凝脂，细腻圆润。我的耳边响起当地民歌：天上的仙境，人间的羊卓。天上的繁星，湖畔的牛羊。

湖这面有高高的草甸，碧绿的草，密密匝匝。湖对面有像版画似的山，山脚下绕着绿的青稞黄的菜花。天空蔚蓝，白云几朵，与蓝的湖相互辉映，摄人魂魄。我的高原反应激烈，呼吸渐感困难，但我还是坚持下了车，手脚并用爬上湖边的草甸。

草甸上，一群忘乎所以的游客，在清冷的风中载歌载舞。然歌声也只响亮了一会儿，便停息下来，高原氧气不足，实在不宜大声。那么，就静静的吧，我坐在草甸上，面对着温润如玉的湖，有一刻，我不能相信自己，真的就来到了这个地方。是我吗？是我吗？我这么问自己。浩渺的宇宙中，我也是一个存在，如这片海拔高4441米的湖。我为这个存在，感动得双眼蓄满泪。

我的身旁，出现了两个十八九岁的男孩，他们戴着头盔，腿上绑着护膝，脸庞黝黑，风尘仆仆。他们先是怔怔地望着这片湖，而后，双膝突然跪下，对着这片湖，哭了。

我从交谈中得知，这两个孩子是武汉某大学一年级学生，对西藏一直很神往。暑假前，同宿舍五六个人一合计，决定骑车进藏。途中，有四个同学先后撤退，剩下他们两个。为了省钱，他们没住过一天旅舍，没进过一次饭店，困了，就睡在随身带的睡袋里，饿了，就吃一些饼干或是方便面。也曾想过放弃，却心有不甘，神圣的土地就在前方，他们一定要踏上它，也算完成人生的一次挑战。最后，在历经一个月零六天之后。他们终于到达拉萨，到达这里。

我祝福了他们。我想，他们吃得了这样的苦，将来的人生，还有什么坎不能迈过去呢？

风凉，湖边不能久待，短暂的会晤，我们不得不离开。我们各自上路，萍水相逢，却有了共同的思念，这片湖，这片蓝，将几回回梦里相见？

同行中有人叹，真想在这湖边搭一座小木屋，日日与这美丽的湖相伴。立即有人接话了，这么高的海拔，你待一会儿可以，待上十天八天的，怕是小命早没了。我在一旁听得高兴，这真是好，它美得高不可攀，这才保持了它的本真。如佛祖流下的一滴泪，永远纯洁晶莹在那里。

锦　溪

我原本打算去南浔的。

我在平板电脑上搜索行走线路，顺便搜索周边风景，结果，昆山的锦溪跳了出来。我承认，我在瞬间，就被“锦溪”这个名字，俘获了心。锦溪锦溪，是锦缎织成的小溪，这名字叫得真够绮丽香艳的。

它也真的与香艳有段牵连。

相传，南宋宋孝宗建都临安时，他的宠妃陈妃，偏爱锦溪山水，居于其中，不舍离去。陈妃不久芳龄早逝，孝宗大恸，把她水葬于此，并在她身畔修建莲池禅院，亲手栽下龙柏、银杏、罗汉松，佑她万古长存。能得君王如此宠爱的女子，史上怕是少有。民间有说，陈妃不同于一般的胭脂俗粉，她是女中豪杰，曾陪孝宗仗剑天涯，撑起摇摇欲坠的南宋江山。一说孝宗遇刺，她为他挡得一剑，剑伤太深，回天乏力。而我却喜欢作这样的揣测，他和她，也只是俗世里的恩爱夫妻，是眼对眼、心对心的那一个。君王爱恋，亦如民间，生生世世，唯你是我的最相思。

锦溪添了这段传奇，使得它的每一滴水，都浸染上一个女子的香。妩媚的山水，更显妩媚。在此后长达八百三十余年的时光里，锦溪曾更名“陈墓”。

我到达锦溪时，正是午饭时，家家炊烟不断，饭菜飘香。卖鱼的小摊子还守在古镇入口处，红色塑料桶里，大大小小的河鱼，活蹦乱跳着。四面环湖的古镇，最不缺的，怕就是鱼了。一河穿街市而过，两岸碧树倒映，使得那河看上去，逶逶迤迤，像古代女子莲步轻移间，身后拖着的一条绿飘带。

河两岸，房屋高低错落，层层叠叠。房自然是上了年纪的房，有极富内涵的瓦当，和雕着图案的木格窗，黛瓦飞檐，哪一幢都入得了画。你若要看几百年前的旧物，甚至上千年的，根本不用寻找，随便一挑眼，就是。那扇门，那扇窗，那片瓦当，那座石桥，哪一样不承载着历史的波光涛影？一间老屋子里，有剃头老师傅，正替一老者理发。他使用的，还是老式剃刀。他一刀一刀剃着，如同在给老者按摩。座椅上的老者，很享受地闭着眼，可能睡过去了吧。一绺阳光，像绺银发似的，从沿河的窗户外飘进来，落在老师傅的手边。老师傅的动作不紧不慢，上百年的光阴，在他的手底下，似乎从未曾更改过。

打银首饰的。弹蚕丝被的。做袜底酥的。熬酱汁肉的。都是些旧时光，看着叫人怀旧又欣喜。当地有民谣：“三十六座桥，七十二只窑。”唱的也都是古事了。一眼能望到头的河流上，桥竟多达三十六座，真是够铺张。河流狭窄之处，几乎能盈手相握，上面竟也架拱桥一座。一样的石阶拾级而上，石础上雕花，一点也不偷工减料。有野草攀护桥身，在上面开出点点小黄花，古意盎然。我以为，这里的桥，更多的功用，不是用来渡河，而是用来装饰的。就像独具匠心的主妇，给家人的衣服上，钉上漂亮的纽扣。

不能不提到长廊。江南的古镇，多的是长廊。而锦溪的长廊，又有着不同，它附设了美人靠。你走累了，这么倚着美人靠坐一坐，任清风随意吹吹。低头看下去，青绿的河水，涓涓不息地流着。乌篷船一只只，从你身边轻摇过去。船娘们的歌声前后相接，少有好歌喉，有的甚至唱走了调。可是，不要紧的，你听着，竟觉得悦耳得很。这就像吹在你身上的自然风，闻得见花香草香，反倒有种天然的味道。船上人望你，你也望船上人，彼此成为彼此眼中的风景。或许日后会被想起，或许想不起，这也不关紧的，不是有句话说，活在当下么。当下，你置身于这一方水土中，心是愉悦的、轻松的、享受的，这就好了。

想寻只古窑看看的，老街上是没有的，它应该在阡陌地头。窑多，烧出的砖瓦便多。锦溪的砖瓦之花样百出，堪称一绝。有巴掌大的窗花砖。有浸润千年的墓砖。有世上罕见的琴砖。还有在窑中要烧一百二十天，又在桐油中浸泡一百天的金砖。是不是也烧瓦罐瓦盆之类的呢？我在一户人家门前，看到檐下蹲一瓦罐，瓦罐里开着粉艳艳的花。我弯下腰细看，屋主出来，她以为我在看花，告诉我："那是长寿花。"我点头，笑一笑，走开。我其实是看那瓦罐的，不知它经历几朝几代，又几个世纪的花开花落。

午饭没吃，觉得有些饿了，就近走进一家家庭小饭馆。点上几个小菜。再来一碗奥灶面吧。鱼是必吃的，淡水鱼，鲜嫩得很。时令蔬菜两道，一道炒黄花菜，一道炒菜苔。靠河放着桌椅，就坐那里好了，一边望水，一边慢慢吃，做一回千古江南人。不远处，一只黄狗站在河边，也在望水，望水里轻摇而过的船只，望得深情又专注。我笑了。想它日日望着，竟也还是没看厌。

午时安昌

是在去沈园的路上，偶然听到摇橹的船夫跟游客在闲聊，安昌啊，那可是我们绍兴最地道的古镇了。仅这一句，便勾起我无限向往。我问，安昌在哪？船夫答，就在这附近啊，坐公交车十分钟就到了。心一喜，匆匆游完沈园，马不停蹄奔着安昌而去。

午时的安昌，有着喧闹中的宁静，像一扁舟，泊在那儿。风走，云走，它不走。它就在那里，承载着日月星辉，绵延千年。

一条河，当街横卧，街景便在这条河里铺陈：连成一片的翻轩骑楼。灰扑扑的廊棚。一盏一盏的红灯笼。最惹眼的，莫过于那廊下横梁上，晾着的一串串腊肠，黑里透亮，酱色浓郁。远观去，像垂着一幅幅黑色门帘似的。

走进去，内里乾坤大。青石板铺就的街道，一路延伸。这家酒楼，挨着那家作坊。胖胖的酒瓮蹲着，卖的是绍兴特产——黄酒。卖霉干菜的多，几乎家家门口，都搁着几大袋子霉干菜。老茶馆安在，桌椅都上了年纪了，几个当地老人在里面喝茶，眼睛闲闲地望向门外。门外的河里，偶有一两只乌篷船经过。摇橹的汉子不用手摇，用脚踩，他踩着那只乌篷船，轻盈盈的，向着一条拱桥去了。

听不到任何买卖的吆喝声，你只管一样一样地看吧，他们忙活着他们的，做酱鸭，灌香肠，扯白糖……凡尘俗世，食是天。抬头，视线里忽然撞进一个老人来，老人戴毡帽，着长衫，长髯飘飘，气定神闲地独坐在屋门口呷酒，面前两碟小菜。他的头顶上方，悬一酒幡，上书：宝麟酒家。我探头进去，屋内狭窄且破旧，全无酒楼四壁亮堂的景象。正疑惑着，老人突然开口了，眼光灼灼地看着我们问，要吃饭喔？只有我这里才能做出正宗的绍兴小吃来的。我们还未及答话，他又说下去，你们如果想要了解绍兴的风土人情，我这里都有，也只有我这里收藏得最全了。我笑了，他骄傲得跟块活化石似的，怕也是安昌“特产”呢。后来得知，他果真是安昌“特产”，是安昌的“名片”，名叫沈宝麟，对安昌的历史，如数家珍，上过好几回电视的。

逢到一箍桶铺。铺里除了老师傅外，还有个二十来岁的年轻人。他们曲着腰，埋着头，拿锤子不停地凿着桶盘的毛坯。门口摆着一只只做好的木桶，大大小小，桶身锃亮。婚嫁老习俗流传多久了？说不清的。祖上的祖上，就是这么做的，姑娘出嫁，嫁妆里，少不了几只木桶，其中至关重要的，是子孙桶。这桶，既要做得结实，又要做得漂亮，人家是要当传家宝，传给子孙后代的。我们站着看了很久，他们一直没抬头，专注地在桶盘上打磨，直磨得木头如同玉石般光洁，——他们把箍桶的活儿，当作艺术在做。忽然感动了，有坚守在，一些传统才不会走丢。

扯白糖算得上是安昌一绝，三里长街上，扯白糖的大师比比皆是。七十五岁的老人陈师傅，在家门口扯白糖，瘦削的一个人，竟把白糖扯出丈把长，跟舞台上的优伶甩水袖似的。我们看呆了，夸他，您真了不得。他笑，这没什么，我打小就会扯的。我扯的白糖好吃，绵，劲道，老人夸他的白糖。这么夸糖的真够新鲜，我们乐得掏钱买他的扯白糖。买一袋，再买一袋，绵白绵白的，捧在怀里，把一份悠远古老的甜蜜，也一同揣进怀里面。

遇到一年轻女人，独自背着包在逛，这儿摸摸，那儿碰碰，很贪恋的样子。在一座石桥上，她拿了相机，请我们帮她拍张照片。她倚着桥栏，笑得很好看。她的背后，是高低错落的骑楼。屋顶上，黛青的小瓦，井然有序地排列着。阳光泊在瓦楞上，鱼鳞似的跳跃着。檐下成串的腊肠，油黑饱满，把纯朴的古风，扯得悠长悠长的。

相遇香格里拉

从丽江往北，地势直往三千米以上爬升。我的头有些晕，额两边嚯嚯地跳得疼。导游洛桑说："不要紧，这是正常的高原反应，我们已进入香格里拉了。"

这就进入香格里拉了？我觉得不可思议。感觉中，它是神秘莫测的，如蒙着盖头等着掀开的新娘，一朝盖头揭开，满眼惊艳。它却平静得几乎什么表情也没有，像我们往常随意走着的一段路，就那样一条路而已。

没有激动，甚至连轻呼也不曾有。我以同样平静的表情，与香格里拉相遇。省略了握手，省略了寒暄，我们互相打量着，是萍水相逢的两个。仅仅这样。

沿途，是连绵不绝的山。天空很低，匍匐在山的上面。白的云朵，在山巅之上，不紧不慢散着步。山下有房，土黄色，如卧着的大黄狗，安静着。房上插旗，有一面旗的、两面旗的、三面旗的。一般人家插一面旗，表示信教。插三面旗的人家，地位最为尊贵，是家里出了活佛或有得道的高僧。那些旗，迎风猎猎，像夕阳下守望岁月的老人，神秘、安宁。这是很奇怪的一种感觉。

去虎跳峡。老远就听到水声咆哮，似万马奔腾。有木台阶下到峡底。曲里拐弯处，藏人小孩在摆摊，卖一些藏饰品，珠啊银的。看似不过六七岁的样子，递物数钱，却麻利得很。下到谷底，水流湍急，溅起的水花，白花朵般的，在礁石上硕大无朋地开着。有的来不及开花，干脆“唰”一下，冲过礁石去，作激流奔涌。大家忙着拍照留影，一边是自然千万年的欢唱，一边是人类匆匆的足迹。我想，能把匆匆的脚步，印入自然的千万年里，作一刻停留，也是人生一大幸事吧。

目光沿峡谷向上攀升，层峦叠嶂，有细若游丝的一道线，悬在半山腰。据说那是当年的茶马古道。康巴汉子就是沿着这条道，用马驮着茶叶和药材，去换取外面世界的布匹和盐。他们用脚，在岩石之上，踩出一条生命之路，蜿蜒于崇山峻岭中。千百年过去，那些康巴汉子，已沉睡在历史的长河里，却把一种精神留下了，和山川河流一起，成为永恒。

后来我们去草甸骑马。马是被驯服了的，它们驮着游客，慢悠悠散着步，很逍遥。十块钱可以溜一圈。有藏族小孩跑过来，抱着小羊，要求我，“阿姨，和小羊拍张合影吧，十块钱，随你怎么拍。”我抚抚他们黑黑的小脸蛋，问：“怎么汉语说得这么流利呀?”他们很骄傲，说：“我们老师教的，我们老师是丽江的，我们在学校学汉语。”我和他们合了影，我给他们十块钱。他们欢天喜地，一个劲儿说："谢谢阿姨。"我却有些惆怅。我站在草甸边，望远处的山、远处的房，我很想知道，那里的平静，是否也被打破。

去藏民家。旅游车一直开到藏民家门口，早有藏人在门口迎着，端着酒杯，唱着歌，给游客们献哈达。上楼，在大厅里一排一排坐下。面前的长条桌上，摆着倒好的酥油茶，还有青稞面。游客可以边喝酥油茶，边学做奶酪。藏歌唱起来，藏舞跳起来，这是表演的热闹，是上了妆的，离原汁原味远了去。但大家还是兴致颇高，一屋的人，把地板跺得"咚咚咚"的，跟着藏民们齐声说，扎西德勒！声震屋宇。